정세랑

2010년 《판타스틱》을 통해 소설을 발표하기 시작했다.
소설집 『옥상에서 만나요』 『목소리를 드릴게요』,
장편소설 『덧니가 보고 싶어』 『지구에서 한아뿐』 『이만큼 가까이』
『피프티 피플』 『재인, 재욱, 재훈』 『시선으로부터,』가 있다.

보건교사
안은영

보건교사
안은영

오늘의 젊은 작가 09

정세랑
장편소설

민음사

사랑해 젤리피시

장마철의 보충수업 기간, 학교에 들어서는 순간 신발장 냄새가 진했다. 짧은 방학은 무더위 속에 지나가 버렸고 보충이 시작되자 모두 우울한 얼굴이었지만 사복이 허용되었으므로 옷 입는 재미로 버티고들 있었다. 그러나 승권은 그마저도 전혀 흥미가 없는 편이었다. 연하늘색 핀 스트라이프 반셔츠에 면바지가 승권의 최선이었고, 승권이 관심을 가지는 대상은 오직 하나였다.

　　혜현.

　　초등학교, 중학교, 고등학교를 함께 진학해 왔다. 무슨 생각을 하는지 머릿속이 투명하게 보인다고 해서 별명이 해파리인 여자애였다. 그나마 좀 귀여운 어감인 젤리피시로 불려서 다행이지, 해파리 같은 여자애를 좋아하는 나는 뭐가 되는 건가. 승권은 늘 머리가 아팠다. 이 단순하고 모난 데 없는 사랑스러운 생물은, 불행히도 다른 사람한테서도 가장 좋은 부분만을 발견하는 나머지 누가 고백만 해 오면 족족 다 사귀어 왔다. 승권은 언제나 생각을 너무 많이 하다가 타이밍을 놓쳤다. 벌써 2학년 1학기가 지나 버렸고 더 이상은 기다릴 수 없다고 마음먹자, 갑자기 웬 농구부 주장이 오늘 혜현에게 고백을 하겠다고 공공연히 떠들고 다녔다. 혜현이라면 그놈한테서도 가장 긍정적이고 빛나는 어떤 부분을 찾아낼 게 뻔했다.

너한테 필요한 건 키만 크고 얼굴이 여드름 밭인 농구부 주장이 아니야. 매일 아침 눈빛만 봐도 네가 매점의 서른여섯 가지 간식들 중 뭘 먹고 싶어 하는지 아는 나라고. 승권은 농구부 주장보다 먼저 혜현을 찾아야 했다. 농구부 애들이 저 질퍽한 운동장에 하트 모양으로 꽂을 초들을 가지고 왔다고 했다. 비나 와라. 비나 와 버려라.

1교시가 끝나자마자 과학실로 향했다. 분명히 과학실에 있을 것이다. 더위를 많이 타는 혜현은 과학실 돌바닥의 냉기를 좋아해서 먼지 나는 암막 커튼 아래에 늘어져 있는 습관이 있었다. 승권은 그 구석을 해파리 여름 서식지라고 이름 붙여 놓았다.

"조승권, 어디 가? 너 오늘 지각했지?"

담임인 한문이 불러 세웠지만 승권은 못 들은 척 걸음을 빨리했다. 다리를 저는 사람한테는 미안한 일이지만, 지금은 멈출 수가 없다.

"성혜현."

과학실 문을 열며 혜현을 불렀다. 어째서 성까지 붙여서 이렇게 딱딱하게밖에 부르지 못하는가. 혜현은 없었다. 벌써 늦었나. 10대 소년이 느끼기엔 다소 짙은 절망, 그 절망의 단내가 입안에 돌았다.

그때 뭔가 날카로운 것이 따끔, 목 뒤에 박혔다.

보건교사가 핀셋을 들고 정체불명의 가시 같은 것을 빼냈다.

"뭐예요?"

이럴 시간이 없는데, 승권은 마음이 급했다. 목을 감싸쥐고 보건실로 오는 길에 농구부 1학년 애가 기타를 들고 가는 것을 보았기 때문이다. 보건교사는 승권의 목 뒤에서 빼낸 것을 유심히 확인하며 입술을 약간 움직였는데, 승권에겐 언뜻 욕설처럼 읽혔다. 잘못 본 거겠지.

"상처 자체가 큰 건 아니지만, 독성이 있을지 몰라. 벌써 주변부 색깔이 다른 게 염증이 생길 것 같아. 조퇴해서 병원에 가는 게 낫겠다. 몇 반?"

"2학년 1반이요."

"내가 너희 담임 선생님께 말씀드릴게."

"아뇨, 이따가 제가 허락받을게요. 혹시 허락 안 해 주시면 확인증 받으러 올게요."

승권은 총알같이 보건실에서 튀어 나갔다. 뒤에서 보건 선생님이 뭔가 만류하는 듯 웅얼거렸지만, 가시인지 뭔지를 뺐으니 됐다. 오늘은 선생님들이 유난히 귀찮았다.

보건교사 안은영은, 자잘한 일은 있어도 큰 사고는 일어나지 않는 학교생활에 만족하고 있었다. 오늘까지는.

은영은 남학생의 목에서 뽑아낸, 동물성 물질을 내려다보며 작게 끓는 소리를 냈다. 욕이 되다 만 소리였다. 학교라서 매번 삼킬 뿐, 사실 은영은 욕을 잘하는 편이었다. 학생이 놀랄까 봐 차마 말을 못했지만 그것은 어떤 알 수 없는 동물의 손톱, 비늘, 뼈 중 하나인 것 같았다. 그 애의 목덜미에 핏줄을 타고 독기가 번져 가는 걸 보았는데 얼마나 나쁜 게 들러붙은 건지는 짐작하기 어려웠다. 소독이라도 했어야 하나. 하지만 어차피 알코올로 어떻게 할 수 있는 종류는 아니었다. 본체를 잡을 때까지 괜찮아야 할 텐데, 은영은 걱정스러웠다. 본체로부터 멀리 보내는 게 나을 것 같았다.

이 학교에는 아무래도 뭔가가 있다. 출근 첫날부터 느낄 수 있었다. 안은영은 유감스럽게도 평범한 보건교사가 아니었다. 은영의 핸드백 속에는 항상 비비탄 총과, 무지개 색 늘어나는 깔때기형 장난감 칼이 들어 있다. 어째서 멀쩡한 30대 여성이 이런 걸 매일 가지고 다녀야 하나 속이 상하지 않는 건 아니지만 어쩔 수 없다. 사실은 멀쩡하지 않아서겠지. 안은영, 친구들에게는 늘 '아는 형'이라고 놀림받는 소탈한 성격의 사립 M고 보건교사, 그녀에겐 이른바 보이지 않는 것들을 보고 그것들과 싸울 수 있는 능력이 있다.

언제부터였냐면, 원래부터라고 할까. 은영은 아주 일찍 자신의 세계가 다른 사람의 세계와 다르다는 걸 깨달았다. 명료하게 인식하기 시작한 것은 열 살 무렵이었다. 엄마가 시세보다 훨씬 싼값에 산 집을 리모델링한다고 좋아라 부엌 벽을 깨부수려 할 때, 힘껏 만류한 적이 있다. 이 구조 이대로가 좋으니 벽지나 바르자고, 괜히 번거롭게 여기저기 헐고 리모델링을 하면 아빠 집에 가서 살겠다고 협박을 했다. 벽 속에는 얼굴은 좀 상했지만 친절한 아줌마가 있었다. 엄마가 알아서 좋을 것은 하나도 없었다. 열 살의 은영이 식탁에 앉아 시리얼을 말아 먹을 때면, 벽 속의 아줌마는 조용히 웃으며 내려다보곤 했다. 그 눈길에 적의가 없었으므로 괜찮았다. 적의와 적의 아닌 것을 구분하는 감각은 은영 같은 사람에게 일찍 발달할 수밖에 없다.

꼭 죽은 사람들만 보는 건 아니었다. 산 사람들이 더 기분 나쁜 걸 많이 만들어 낸다. 예를 들면 이 학교에 떠다니는, 공기 가득한 나체의 환영들 같은 것 말이다. 아아, 사춘기 애들은 정말 싫어. 은영은 아무도 보지 않을 때면 깔때기 칼로 휙휙, 아이들의 야한 상상을 휘저어 없앴다. 벌써부터 취향이 가지가지기도 하지. 그러니까 결국 은영이 보는 것은 일종의 엑토플라즘, 죽고 산 것들이 뿜어내는 미세하고 아직 입증되지 않은 입자들의 응집체다. 미색 젤리 같은 응집체는 종류와 생성 시기에 따라 점성이 달랐다. 죽은 것들은 의외로 잘 뭉치지 않는다. 산 것들이 문제다. 2차 성징의 발현이란 짓궂고 지겨웠다.

장난감 칼과 총에 은영 본인의 기운을 입히면 젤리 덩어리와 싸울 수 있었다. 비비탄 총은 하루에 스물두 발, 플라스틱 칼은 15분 정도 사용 가능하다. 이집트산 앙크 십자가와 터키의 이블 아이, 바티칸의 묵주와 부석사의 염주, 교토 신사의 건강 부적을 더하면 스물여덟 발, 19분까지 늘일 수 있다. 보건교사 안은영의 삶은 이토록 토테미즘적이다.

몇 년 전까지는 대학 병원에 있었다. 전문 퇴마사로 살지 않는 이상 돈을 벌어야 했고, 커트라인 밑이었는데도 간호대에 철썩 붙어서 주욱 병원에 있었다. 병원도 학교도 드글드글하기로는 매한가지였다. 왜 하필 간호사를 직업으로 골랐을까. 아니, 아니다. 해가 갈수록 더 느끼는 점이지만 사람이 직업을 고르는 게 아니라 직업이 사람을 고르는 것 같다. 사명 같은 단어를 기본적으로 좋아하지 않으므로 수긍하고 받아들였다기보단 수월한 인생을 사는 걸 일찌감치 포기했다는 게 맞겠다. 병원에 있을 때는 힘든 파트만 다녀서 지금보다도 더 너덜너덜했다. 몇 년쯤 하고 나니 새벽의 병원 복도에서 기나긴 싸움을 하는 게 벅찼다. 그래서 대학 때 따 놓은 보건교사 자격증을 활용하기로 했던 것이다. 호러와 에로 중에 고르라면, 단연 에로다.

그런데 이 학교에 에로에로 젤리들 말고, 학생들 목에 뭔가를 박는 사악한 무엇이 있다. 어쩐지 발을 들이는 순간 음습하더라니. 꼬인 팔자는 어디 가지 않는다.

가운 안, 허리 뒤쪽으로 비비탄 총과 장난감 칼을 꽂고 은영은 보건실을 나섰다.

"그러니까, 마르고 안경을 쓰고 똑 부러지게 생긴 남자애였어요. 걔를 조퇴시켜야 하는데."

2학년 1반 담임, 한문 과목, 홍인표는 지난 학기에 새로 와서 아직 학교에 적응을 잘 못하고 있는 보건교사를 한심한 눈으로 바라봤다. 다른 층 선생님들은 보건교사의 얼굴조차 잘 익히지 못해서 식당에서 마주치면 데면데면해하는 듯했다. 지난번 선생님은 너무 적응을 잘해서 보건실을 가십의 온상으로 만들었는데, 이 젊은 선생은 주변머리가 너무 없다. 고2 남자애들이 다 마르고 안경 쓰고 그렇지, 누굴 찾는단 말인가.

"불렀는데도 막 급하게 가 버려서요."

아, 똑 부러진 인상이라면 혹시 승권인가. 평소엔 제법 성실한 축인데 오늘따라 흐트러져 보였다.

"걔가 많이 다쳤던가요?"

"음, 부어오르는 속도가 신경 쓰이는 데다 열도 곧 심하게 날 것 같았어요. 병원에 보냈으면 하고요."

"뭐에 물렸는데요?"

"아, 뭔지는 잘 모르겠지만 좀 나빠 보여서……."

가장자리긴 해도 서울인데 아주 위험한 벌레나 뱀 같은 게 있을 것 같진 않았다. 초심자라 지나치게 조심하는 걸까? 하지만 이 보건교사의 얼굴은 전혀 꼼꼼하지 않아 보이고, 어딘가 미숙하고 미덥지 않아 보이는 부분이 있다. 인표는 젊은 여자 선생님이라고 무시하는 축은 결코 아니었다. 다만 선생님들의 얼굴에 거짓말하는 학생의 표정이 떠오를 때는 기민하게 알아채는 편이었다. 뭔가 신경 쓰이는 사람이라고 생각하며 인표는 대답했다.

"알았습니다. 제가 찾아서 보내지요."

그리고 돌아섰는데, 뒤에서 보건교사가 불렀다.

"선생님, 다리 다치셨어요? 제가 좀 봐드릴까요?"

"아……. 아뇨, 오래전에 다친 겁니다."

정말 하나도 모르는구나. 인표는 사실 가십을 몰고 다니는 가십 제조기였는데 재단 집안인 데다가 사실상 다음 세대의 실세이고 미혼이라 더욱 그랬다. 보건실은 가십 폭풍의 영향권 밖에 있는 게 틀림없었다. 어릴 때 오토바이 사고로 다리를 크게 다친 것만 두고도 수십 가지 버전의 소문이 떠돌았는데 그중 하나도 듣지 못했다니 말이다.

끔찍한 사고였지만, 돌아보면 여러모로 운이 따랐던 것도 사실이다. 인표의 할아버지는 사립학교 재단뿐 아니라 규모 있는 사업을 몇 개 굴리는 큰손이었고, 인표는 가장 사랑받는 손자였다. 그러다 보니 오토바이 한 대쯤은 몰래 살 수 있는 용돈을 받았고, 결국 사고로 이어지고 말았다. 인표가 탔던 오토바이는 버스 아래로 찌그러져 들어갔다. 그나마 버스가 전속력이 아니었던 게 다행이었다. 온몸이 산산조각이 났다가 다시 짜 맞춰졌다. 팔다리에 철심을 꽂았다 뺐다 하며 두 자리 숫자의 수술을 했지만, 한쪽 다리는 사고 이후 끝내 더 이상 성장하지 않아서 지금처럼 되었다. 그래도 한쪽 다리를 저는 데서 끝난 것이 얼마나 다행인지 모른다. 몸은 물론 얼굴에도 흉터가 남았는데, 수술이 잘되어서 다들 보조개인 줄 알았다.

"가스파르 울리엘을 닮으셨네요!"

지나치게 성격이 쾌활했던 맞선 상대가 웬 프랑스 배우를 가져다 댈 정도였다. 검색해 보니 꽤 잘생긴 배우라 기분은 좋았지만 얼굴의 흉터 말고는 딱히 닮은 점을 찾기 어려웠다. 어쨌든 흉은 흉일 뿐이었다. 비 오는 날에는 온몸이 쑤셨고 이런저런 상흔들을 되짚을 때면 심란했다. 인표는 언젠가 아이를 가지게 되면 오토바이를 몰래 살 수 없도록 용돈을 정말 조금만 줘야지, 하고 늘 마음먹고 있었다.

재단 집안이면 보통 다들 아니꼽게 생각하고 재수 없어 하기 마련이지만, 한적한 교과목을 맡은 데다 다리를 저는 게 나이 든 선생님들의 모성애와 부성애를 이끌어 내서인지 교사 사회에 부드럽게 받아들여진 편이었다.

한 가지 마음에 걸리는 점이 있다면, 학교 건물 자체다. 인표는 시간이 날 때마다 낡은 도면을 펼쳐 놓고 들여다보곤 했다. 오래된 건물이다 보니 늘 공간이 부족했다. 증축을 한 것도 아니고 처음 그대로인데 왜 이렇게 비효율적이고 이상한 모양인 걸까. 해방 직후에 지어졌는데 어째서 지하 3층까지나 있지? 게다가 쓰고 있는 건 지하 1층까지다. 창고 용도로 아주 일부만 쓰고 있다. 학생회에서 자꾸 지하층을 동아리 공간으로 내달라고 조르는데, 인표는 왠지 내키지가 않았다. 합당한 요구지만 할아버지 때부터 지하층 입구를 동여매고 있는 저 쇠사슬들을 쉽사리 풀고 싶지가 않았다. 인표의 팔뚝만큼 굵은 쇠사슬들이었다.

할아버지는 돌아가시기 직전, 다른 재산 문제는 다 변호사에게 맡겨 놓고 학교에 대해서만 가족들에게 신신당부를 했다.

"학교를 계속 유지해라. 그 땅에는 학교 말고 다른 걸 세우면 안 된다. 건물도 다시 짓지 마라. 인표를 선생 시켜. 꼭 선생 해야 해."

그 유지를 받들어 교직을 택했지만, 잘하고 있는지는 확신이 없었다. 할아버지가 그토록 신경을 써 지은 이 학교에선 작년에도 재작년에도 아이들이 우박처럼 떨어졌다. 10대 자살률이 워낙 높은 나라지만, 그래도 이해하기 어려운 숫자였다. 각종 사고와 비행의 빈도 역시 상당히 심각해서 어떻게 개선해야 할지 감도 오지 않았다.

생각이 거기까지 이르니 갑자기 더 신경이 쓰였다. 승권이 녀석, 무슨 바람인지 몰라도 붙잡아 앉혀야겠다. 인표는 열심히 불편한 걸음을 옮겼다. 인표는 몰랐지만 다른 사람들은 인표의 그런 걸음걸이가 어쩐지 유쾌하다고까지 생각했다. 마치 한쪽 다리가 짧은 게 아니라 다른 쪽이 더 길어서, 리듬감 있게 스텝을 밟는 것처럼 보인다고 말이다.

혜현은 옥상에서 땡땡이를 치고 있었다. 며칠 말린 옷에서도 장마철의 큼큼한 냄새가 나서 간만에 교복을 입고 왔더니, 통기성이라고는 고려하지 않은 합성 섬유라 더 불쾌했다. 그래도 바람이 불어 다행이었다. 안전을 이유로 옥상 전체에 높은 철조망을 둘러쳐서 풍경은 조금 흉물스러웠지만, 철조망 사이로도 바람은 불었다. 옥상을 아예 봉쇄했을 때는 애들이 자물쇠를 깨고 또 깼었다. 선생님들도 결국 포기하고 개방할 수밖에 없었을 것이다. 휴식 공간이 이렇게나 부족한데 옥상까지 빼앗아 가면 안 되지, 비록 직접 자물쇠를 깨지는 않았지만 혜현은 엷은 승리의 미소를 지었다.

"언니, 아까 승권이 오빠가 언니 찾던데요?"

동아리 후배가 먼저 계단을 내려가며 말했다.

"뭐 때문에?"

"글쎄요."

또 나도 모르게 승권이 물건을 꿀꺽했나. 이어폰이던가, 만화책이던가. 혜현은 잠시 스스로의 혐의점을 찾았다.

"알았어, 고마워."

후배가 내려간 후 한참이 지나서도, 옥상에서 내려가기가 싫었다. 습기가 가득한 건물 내부가 청소하지 않은 어항처럼 느껴졌다. 숨을 못 쉴 정도잖아. 이 정도라면 아가미가 필요하다고.

1층에서 농구부 주장이 손을 흔들었다. 혜현은 별생각 없이 마주 흔들어 주었다.

안은영은 아까의 한문 선생을 보호하고 있던 거대한 에너지 장막에 감탄하고 있었다. 보건실에만 박혀 있다 보니, 가까운 데서 보는 건 처음이었다. 누군가 그 선생님을 매우 사랑했던 사람이, 죽어서도 강력한 의지를 남긴 게 틀림없었다. 그런 보호를 받고 있는데 왜 다리를 다쳤지? 희한한 일이다. 친해지기 힘들어 보이는 사람이었지만, 만약 사태가 심각해지면 도움을 구해야 할지도 모르겠다고 생각했다. 거의 걸어 다니는 행운의 부적이나 다름없었다. 탐났다. 역시 처녀 귀신일까? 남자애의 목에 박혀 있었던 것은 손톱일지도 모른다. 하도 예상 밖의 것들이 튀어나오는 세상이라 확신할 수는 없지만, 뭐든 간에 지하에 묻혀 있을 확률이 제일 높았다. 허리 뒤에 꽂아 놓은 플라스틱 총칼을 확인하고, 은영은 중앙 계단으로 향했다. 지하실 입구엔 쇠사슬이 감겨 있었다. 학생들이 들어가지 못하도록 일부러 막아 둔 모양이었다. 은영은 수위실에 빼꼼 고개를 들이밀었다.

"저 지하 열쇠 좀 빌릴 수 있을까요?"

수위 아저씨가 허리띠에 달린 열쇠 뭉치에 손을 얹으면서 물었다.

"지하는 왜요?"

"음, 학생들이 자꾸 갑자기 뭐가 나고 간지럽다고 연고를 바르러 오는데 곰팡이성 피부병 같아 보여서요. 뭐 위험한 게 있나 확인을 좀 하려고요. 빌려 주시는 김에 손전등도 빌려 주시면 좋겠어요."

"지하는 해마다 한 번 소독 때만 열 수 있어요. 그때도 외부 소독 업체만 들어가고 저도 못 들어갑니다. 옛날부터 절대 개방하지 말라고 하셨습니다."

"아니, 그러니까 곰팡이가 슬죠. 이대로라면 상부에 보고도 해야 하고 여러모로 복잡해질 것 같은데 저만 살짝 들어갔다 올게요. 제가 뭘 하겠어요. 잠시 들여다보는 정도죠."

은영은 강한 어조로 말하면서, 되도 않는 눈웃음을 쳤다. 수위 아저씨는 끝내 찝찝해했지만 효과가 있었는지 곧 녹슨 사슬이 풀렸고, 오래 갇혀 있던 공기가 한꺼번에 밀려 나왔다. 마스크라도 가져올걸, 은영은 이러다 자기야말로 병에 걸리겠다고 생각했다. 아래로 내려갈수록 어두웠다.

입구부터 쉽지 않았다. 오래된 걸로 보아 졸업생들이 버리고 갔음직한 사념들이 좀 있었다. 폭력성과 경쟁심의 덩어리들, 묵은 반목과 불명예와 수치의 잔여물들이 어두운 곳에 누워 있었다. 은영은 길게 한숨을 쉬곤, 손목 스냅으로 장난감 칼을 길게 폈다. 그리고 더러운 덩어리들을 베기 시작했다.

승권은 어지러웠다. 보건 선생님이 염증이 생길 거라고 했는데 겁을 주려고 한 소리가 아니었나 보다. 자꾸 시야가 흐려졌다. 열이 오르고 있는 게 틀림없었다. 몇 번 안경을 뺐다가 다시 껴도 초점이 잘 맞지 않았다. 몸이 점점 무거워졌고 그럴수록 화가 났다. 오늘이 아니면 안 되는데 뭘 해도 안 되는 놈이라 또 안 되려나 싶었다. 원래도 간지러운 고백 같은 건 좋아하지 않지만, 지금 상태라면 정말 앞뒤 다 자르고 좋아한다고만 말해야 할지도 모르겠다고 생각했다. 고백하고 나서 쓰러지면 그건 그것대로 볼만하겠구나. 발뒤꿈치가 자꾸 끌렸다. 게다가 발바닥에 체액이 몰렸는지 기분 나쁜 물컹함이 있었다. 발바닥 전체가 물집처럼 느껴졌다. 승권은 컨디션 유지를 잘하는 편이라 이렇게까지 아픈 건 아주 어릴 때 이후로 처음이었다. 토하거나 기절하지만 않으면 돼. 아니, 토하지만 않으면 돼. 인사를 해 오는 친구들이 자꾸 승권의 얼굴을 보고 놀랐다. 괜찮냐는 물음에 제대로 대답조차 할 수 없었다.

혜현이 옥상에 있다고 했다. 계단 하나하나가 평소보다 세 배는 높은 것처럼 느껴졌다.

인표는 승권을 찾으러 체육관으로 가고 있었다. 항상 거기 있는 멤버는 아니지만, 가끔 머리를 식히려고 운동을 하는 걸 알고 있었기 때문이다. 학생 파악이 아주 나쁘지는 않군, 스스로 흐뭇해하던 참이었다.

중앙 계단을 지나치는데 지하실 문이 열려 있는 게 보였다. 인표는 리드미컬한 걸음을 멈추었다. 누가 열었지? 열 때가 아닌데. 할아버지는 지하실에 관한 사항만 열 페이지쯤 되는 것을 반복해서 읽게 하셨다. 요약하자면 열지 말라는 것이었고, 소독 업체도 바꾸지 말라고 되어 있었다. 그런데 그 소독 업체가 문을 닫아서 이삼 년 전부터 다른 곳에 맡겼더니 비용이 5분의 1도 들지 않았다. 할아버지는 그 비싼 소독업체를 왜 고집하셨던 걸까? 인표는 소독 때만 되면 궁금했다. 그리고 지금 내년까지 예정된 소독이 없는데 아래에서 불빛이 흔들리고 있는 것이다. 계단 위에서 불러 볼까 하다가 인표는 그냥 내려섰다.

흰 옷자락이 펄럭일 때는 잠시 흠칫했지만, 손전등을 들고 춤을 추고 있었던 건 보건 선생이었다. 한 손에는 손전등, 한 손에는 웬 무지개 색 깔때기를 들고 허공을 정신없이 휘젓고 있었다. 아아아, 역시 이상한 여자구나. 선을 볼 때마다 종종 작동하던 '이상한 여자 경보기'가 마음속에서 세게 울렸다.

"안 선생님, 뭐하세요?"

은영이 깜짝 놀라며 돌아봤다. 그래, 놀라야 정상이지.

"어……. 운동요?"

스스로도 저 말을 하면서 확신이 없는 게 분명했다.

"무슨 운동을 지하실에서 하세요?"

땀방울이 맺힌 이마 안쪽에서 별로 주름이 없는 뇌가 미미하게 움직이는 소리가 들릴 정도였다.

"……보시다시피 신종 에어로빅인데, 학생들 볼까 민망해서요."

"그럼 댁에서 하셔야죠."

인표가 단호하게 말했지만 은영은 선뜻 지하실 밖으로 나올 기세가 아니었다. 인표는 문득 은영의 얼굴이 점점 진지하고 단단해지는 것을 보았다. 어두운 곳에서 봐서 그런지 몰라도 차분하게 서 있는 모습이 정신 나간 사람의 것으로는 보이지 않았다.

"지하실에서 뭐 찾아요?"

인표가 어떤 대답을 바라는지 스스로도 짐작 못하면서 물었다.

"설명드리긴 어렵지만, 찾는 게 있어요."

은영이 웃음기 없이 대답했다. 사립학교에 자리를 구하기가 쉬운 일은 아니었다. 그렇다 해도 들켜서 잘리는 것이 두렵지는 않았다. 은영은 또 어딘가에 자리를 얻을 수 있을 것이었다. 은영에게 없는 건 많았지만 일복만은 항상 있었다. 죽기 직전까지 일해야 할 것이 뻔했다.

"그럼 같이 찾읍시다."

인표는 설명할 수 없는 이유로 그래야 할 것 같았다. 인표는 학교를 제대로 알지 못했다. 왜 할아버지가 이 학교에 대해, 명문 사립도 아닌 데다 부동산 가치도 없는 쓸모없는 땅에 대해 그토록 애착을 가지고 있었는지 전혀 이해하질 못했다. 어쩌면 한 번도 들어가 보지 못한 저 땅 밑에 뭔가 특별한 점이 있을지도 모른다. 어릴 때 할아버지 댁에 가면 보물찾기를 종종 했다. 할아버지는 인표가 가장 갖고 싶어 하는 장난감을 어떻게 알았는지 정확하게 맞혀 숨겨 두곤 하셨다.

아무것도 안 나오면 저 느낌이 안 좋은 보건 선생을 잘라야지.

혜현의 가는 손가락이 철망에 살짝 걸려 있었다. 투명 매니큐어가 그 끝에서 반짝, 빛났다. 손톱 밑의 부드러운, 건강한 분홍색이 눈에 들어왔다. 훈풍에 플레어스커트가 살짝 부풀어 올랐다 내려앉았다. 본인은 교복을 별로 좋아하지 않는 모양이었지만, 승권이 보기에 하복의 플레어스커트가 혜현만큼 어울리는 여자애는 없었다.

좋아하는 여자애의 뒷모습을 보고 있자니, 더 어지러웠다.

저 즐거워 보이는 생물이, 보이는 것과는 달리 안으로 삼키는 게 얼마나 많은지 아무도 모를 거라고 승권은 다시금 확신했다. 지금 말하지 않으면 안 된다고 다시는 이 타이밍이 오지 않을 거라고 말이다.

"해파리."

혜현이 돌아보았다. 바로 후회가 밀려왔다. 해파리라 부르는 게 아니었는데……. 정작 혜현은 돌아보는 순간, 어느 때보다 시원하게 웃었다. 시선을 멀리 던지고 있을 때는 무표정했는데 승권을 보자마자 그렇게나 풍부한 표정이 솟아났다. 승권은 그 눈만 봐도 혜현이 얼마나 자신을 반가워하는지 언제나 알 수 있었다.

"나 또 뭐 까먹었어?"

"아니, 그런 거 아냐."

"근데 왜 찾으러 다녔어?"

"할 말이 있어서."

"너 얼굴이 왜 그래? 완전히 엉망이다. 아파?"

승권은 자기 손이 아주 차가운 걸 느끼면서, 엉망인 얼굴을 잠시 감쌌다. 열이 나는데 손은 왜 차가운 걸까. 차마 눈을 똑바로 보고는 말할 수 없을 것 같았다. 만약 혜현의 눈에 떠오른 반가움이 다른 감정으로 바뀌는 걸 목격하게 된다면…….

"혜현 누나, 주장 형이 잠시 운동장에 내려오시래요."

옥상 문이 벌컥 열리면서 1학년 농구부 애가 외쳤다. 혜현은 운동장을 힐끔 내려다보았다. 진창이 된 운동장에 하트 모양으로 초가 박혀 있었다. 아, 하고 좋은 감정도 나쁜 감정도 실리지 않은 가벼운 탄성을 내더니 혜현은 승권을 지나쳐 계단으로 갔다.

"가지 마."

승권이 말했다.

"괜찮아, 여기 있어. 금방 올게."

혜현이 건성으로 손을 흔들고는 계단을 내려갔다.

괜찮기는 대체 뭐가 괜찮다는 말인가. 승권은 화가 나서 난간의 철망을 움켜쥐었다. 그러자 목 뒤에 아주 강렬한 통증이 왔다.

쓰지 않는 짐이 쌓여 있던 지하 1층을 지나, 지하 2층으로 가자 온 바닥에 새끼줄이 널려 있었다.

"운동회 때 쓰던 밧줄인가? 굵기가 좀 가는데."

인표의 중얼거림에 은영은 실소하고 말았다. 저건 어딜 봐도 금줄이잖아, 이 사람 정말 이런 쪽엔 감이 하나도 없나 보군. 은영은 끊어진 금줄들을 실내화로 가볍게 치워 냈다. 누군가 이곳을 지키고 관리하던 사람이 몇 년 전에 떠난 게 틀림없었다. 숨길 수 없이 방치된 상태였던 것이다.

지하 3층 문을 열자, 엄청난 압력이 은영을 덮쳤다. 은영은 자기도 모르게 인표 뒤로 숨었다. 정확히는 인표를 감싸고 있는 보호의 기운 뒤에 숨은 건데, 인표는 은영이 무서워하는 시늉이라도 하는 줄 알았는지 픽 하고 비웃었다. 그러고는 성큼성큼 바닥으로 내려섰다. 둔한 사람의 강점도 있는 모양이었다.

가장자리는 시멘트였지만, 놀랍게도 중앙엔 흙바닥이 그대로 있었다. 오래된 흙 냄새가 났다. 어두운 곳에 갇혀 있던 흙 냄새는 두 사람의 비위를 상하게 했다. 흙바닥 가운데에는 납작한 돌이 하나 있었다. 인표가 은영의 손에서 랜턴을 빼앗아 돌을 비추었다.

'압지석(壓池石)'이라고 해서로 새겨져 있었다.

"흠? 땅 지(地)가 아니라 못 지(池)네. 여기 연못이었나?"

인표가 잠시 기억을 되짚었지만 들은 바가 없었다. 연못이라는 말에, 은영은 흠칫하며 칼과 총을 더 단단히 쥐었다. 우물이든 못이든 나와서 좋았던 적은 한 번도 없었다. 인표가 주섬주섬 아버지에게 전화를 걸었다.

"아버지, 저예요. 예, 밥은 잘 먹었고요. 다른 게 아니라 학교 부지 말인데요. 예전에 연못이었어요? 아, 큰아버지가 아신다고요. 아버지는 모르세요? 큰아버지께 문안 전화도 제대로 안 드려서 이런 걸로 전화드리기 좀 민망한데……. 예, 알았어요."

인표는 통화 음질이 나쁘다고 투덜거리며 이번엔 큰아버지에게 전화를 걸었다. 어색한 안부 묻기를 거쳐 본론에 이르렀다.

"여기 못이 있었다면서요. 다른 건 아니고 지하실에 비석 같은 게 있어서요. 아, 관련 자료 가지고 계세요? 옛날 지방지요? 그거라면 좋죠. 팩스 번호 넣어 드릴게요. 예예, 건강하시고요. 추석 때 뵈어요."

은영은 숨이 막혔다. 탁하다 못해 몇 백 년은 묵은 것 같은 덩어리들이 점점 두 사람을 향해 좁혀 들어왔다. 뭐가 아래에 있는지 몰라도 은영 선에서 해결하기 쉽지 않을 것 같았다.

"일단 올라가는 게 좋겠어요."

"그러죠."

은영이 앞서 올라가고, 인표가 뒤따르는 듯싶더니 갑자기 뒤돌아섰다.

"잠깐만요, 저런 돌은 꼭 뒷면에 뭐가 더 있던데."

은영이 말릴 새도 없었다. 인표가 으랏차, 하고 압지석을 뒤집었고 두 사람은 다음 순간 보이지 않는 차에라도 치인 듯 뒤로 나자빠졌다. 손전등이 떨어지며 건전지가 튀어 나갔다. 지하층이 크게 울렸다.

짧은 비명과 함께, 복도에서 아이들이 쓰러졌다. 맨살에 뭔가가 박혀 있었다. 모든 아이들이 공격을 받은 건 아니었다. 많은 아이들이 쓰러지긴 했지만, 모두는 아니었다. 잠시 쓰러졌다 일어난 아이들은 일제히 옥상으로 향하기 시작했다. 주변에서 말을 걸어도 전혀 듣지 않았다. 공격을 받지 않은 아이들은 이 심상치 않은 사태에 놀라, 맹목적으로 계단을 오르기 시작한 친구들을 말려 가며 옥상으로 따라가야 했다.

이미 옥상에 있던 승권은 철망을 기어오르기 시작했다. 운동장에서 그걸 목격한 아이들이 비명을 질렀다. 혜현은 비명조차 지르지 못했다.

그 아수라장 속에서, 통굽 실내화를 벗어 던진 보건교사가 스타킹 발로 복도를 달려가는 건 아무도 신경 쓰지 않았다.

쏜살같이 내달리는 은영을 놓친 인표는, 일단 교무실로 향했다. 학교는 통제를 완전히 벗어나 최악의 상황으로 치닫고 있었다. 아이들이 가음 영역을 벗어나 내지르는 비명 속에서 뭔가 쓸모 있는 정보를 얻으려 해 봤지만 불가능했다. 교사들이 모조리 복도로 뛰쳐나갔으나 상황은 제어되지 않았다. 지하에서 뭔가 실수를 했다. 돌을 뒤집으면 안 되는 거였나? 그 정체불명의 보건 선생이 미리 경고를 해 줬으면 좋았을 텐데. 어쨌든 상황을 수습해야 했다. 아직은 아니지만 언젠가 이 학교는 인표의 학교가 될 것이고, 이미 많은 책임을 지고 있었다. 인표는 팩스 머신으로 다가가며 마음을 가다듬었다. 비록 영감 따위 하나도 없는 축이었으나, 동양 고전에 정통한 남자라면 기이한 현상을 맞닥뜨렸을 때 생각보다 유연하게 대응

할 수 있는 법이다. 독촉 전화를 해야 할까 고민했지만 성격이 칼 같은 큰아버지는 벌써 팩스를 보내오고 있었다. 느린 팩스 머신에 분통이 터졌다. 이 사태가 해결되고 나면 팩스부터 바꿔야지.

큰아버지의 친필로 간략하게 설명된 바에 따르면, 그 자료는 18세기의 지방지였다. 학교 부지에 대한 부분은 몇 줄 되지 않았지만, 옛 문서가 그렇듯이 마침표 하나 없는 데다 팩스를 거치면서 흐릿해지는 바람에 맞게 읽고 있는지도 확신할 수 없었다.

옛부터 이 연못은 정인을 잃은 젊은이들이 몸을 던지던 곳이었으나,

(自古是池 夫失情人少者 以所投身)

최근 그 수가 걷잡을 수 없이 늘어나고

(而近者其數逐日增加)

자살을 위장한 타살 시신이 버려지는 등의 폐단이 있다.

(見打尸以自決僞飾 委棄於此 其弊已甚)

게다가 시신을 뜯어먹은 민물고기와 두꺼비, 도마뱀 등이 살이 올라 극성이다.

(又鮀魚蟾蜍 喫其死體 肉附漸滋 其勢劇矣)

그래서 관에서 명을 내려 흙으로 못을 메우게 했다.

(故 官府下命 使士沙塡其淵)

　아, 한문 선생이라서 다행이다. 동년배의 다른 과목 선생이었다면 하나도 못 읽었을 거야. 역사 선생님 정도면 읽으려나? 인표는 전공 선택에 대한 뒤늦은 만족감에 잠시 빠졌다가, 다시 보건 선생을 찾아 나섰다. 그 여자가 알 수 없는 방식으로 이 사태를 막으려 뛰어다니는 것 같은데 이 정보가 도움이 될지 모른다.

　"승권아, 그러지 마! 승권아, 승권아!"

　혜현이 외치기 시작했지만, 승권은 못 듣는 것 같았다. 얼굴이 잘 보이지 않았는데 아예 혜현 쪽을 쳐다보지도 않는 듯했다.

　"내가 갈게, 거기 있어, 내가 갈 때까지만 제발 거기 있어!"

　그러나 이미 승권은 아래쪽 철망을 지나 가시가 있는 부분에 이르고 있었다. 맨 정신이라면 맨손으로 잡을 수 없을 텐데, 역시 크게 잘못된 것이 분명했다. 혜현은 운동장에서 계속 말을 걸어야 할지, 옥상으로 뛰어 올라가야 할지 판단이 서지 않아 주저하고 있었다.

　그때 2차로 땅울림이 있었다. 운동장의 하트 초가 한꺼번에 쓰러져 꺼졌다. 운동장 일부가, 학교 건물에서 가장 가까운 쪽의 땅이 아래로 푹 꺼졌다. 다른 아이들이 단단한 곳을 찾아 사방으로 달릴 때, 혜현은 승권을 올려다보았다. 승권은 철망 가시를 움켜쥐고 상체를 끌어올렸다. 혜현이 이제 늦었다고, 눈이라도 감으려 할 때였다.

난데없이 웬 막대기가 나타나 승권의 뒤통수를 후려쳤다. 승권이 뒤로 떨어졌다. 옥상 가장자리에 나타난 것은 얼마 전에 새로 온 보건 선생님이었다. 선생님은 철망을 기어오르기 시작한 다른 아이들도 열심히 후려쳐 기절시켰다. 뛰어내리는 것보다야 낫지만 저렇게 기절시켜도 되는지 딱히 안심되는 모습은 아니었다.

혜현은 얼른 옥상으로 뛰어 올라가기 시작했다.

은영은 참담한 심정으로 운동장을 내려다보았다.

흙을 헤집고 머리가 올라오고 있었다.

무엇의 머리인지는 여전히 잘 판단할 수 없었다. 물고기인 것도 같고 개구리인 것도 같고 뱀인 것 같기도 한 머리였다. 남자애 목에 박혔던 건 비늘이었던 모양이다. 아주 흉측한 생물을 삶아서 더 흉측하게 만든 듯한, 특히 눈이 구운 생선의 그것처럼 열에 익어서 변색되어 버린 것 같은 형상이었다. 뭐야. 사람 귀신은 전혀 아니었잖아. 그보다 훨씬 심각하고 거대한 무엇인데…….

칼을 유지할 수 있는 시간을 계산했다. 이제 7분도 채 남지 않았다. 총은 열 발 남짓이 다일 것이고 말이다. 아이들에게서 저 찐득한 비늘을 일일이 털어 내는 것은 불가능하다. 본체를 공격해야 한다.

"꽉 붙잡아. 기어오르려는 애들, 붙잡고 있어!"

정신이 나간 친구를 쫓아 올라온 아이들에게 은영이 당부했다. 학생들은 겁에 질려 있었지만, 곧 죽자 사자 친구들을 붙잡고 늘어졌다.

철망 사이로 비비탄 총을 겨누었다. 한 번도 원한 적 없는 재능을 타고나는 바람에 상당히 피곤한 삶을 이어 왔지만, 이제 그것도 끝일지 모른다는 생각이 들었다. 저렇게 커다랗고 오래된 것과는 지금껏 싸워 본 적이 없었다.

거대한 머리가 입을 벌렸다. 마치 옥상에서 떨어지는 아이들을 받아먹기라도 하겠다는 듯이.

은영이 첫 발을 쏘았다. 가벼운 비비탄 총인데도, 어깨가 밀렸다. 왼쪽 눈을 겨냥했으나 빗나갔다. 거대한 머리의 아가미 *끄트머리*가 살짝 뜯겼으나 그뿐이었다.

달려 올라가는 혜현을 인표가 붙잡았다.

"어디 가? 무슨 일이야?"

"옥상에요, 애들이 단체로 뛰어내리려 했어요."

"혹시 보건 선생님은 못 봤고?"

"옥상에 있어요. 보건 선생님이 애들을 막았어요."

인표가 혜현의 뒤를 따라 불안정한 걸음으로나마 계단을 뛰어오르기 시작했다. 간만에 충격이 척추를 타고 올라왔다. 마지막으로 뛴 게 언제였더라. 양반처럼 걸어 다니던 시절이 끝난 것 같다는 이상한 예감이 들었다.

옥상은 학교의 다른 층보다 더 지옥이었다. 아이들이 기절해 있었고, 기절에서 깨어난 아이들은 다시 철망 쪽으로 가려해서 다른 아이들이 잡아 누르고 있었다. 한 아이당 서너 명이 붙어 있었다.

그리고 철망에 붙어 선 보건 교사는 뭔가를 향해 장난감 총을 격하게 쏘고 있었다. 인표가 서둘러 아래를 내려다보았으나, 아무것도 보이지 않았다. 다만 비비탄 총에 어울리지 않는 격발음이 들리긴 했다.

"저, 도움이 될지 모르겠는데 원래 여기 있던 연못에 사람들이 뛰어들었대요."

"알 거 같네요."

은영이 건성으로 대답해, 인표는 조금 민망해졌다.

"귀신들을 쏘고 계신 건가요?"

"아뇨, 알 수 없는 생물의 머리요……. 그보다 제 손 좀 잡아 주세요."

"네?"

"총알이 떨어졌어요."

은영의 입술은 거의 파란색이었고, 이미 서 있는 것도 힘들어 보였다. 인표는 상황을 파악할 수 없었지만, 일단 총을 쥔 은영의 양손에 한 손을 포갰다.

"양손 다요."

인표가 군말 없이 다른 손도 더했다. 은영은 아주 강력한 기운이 스며드는 것을 느꼈다. 역시, 예상대로였다. 이거라면 50발도 더 쏠 수 있겠다는 판단이 섰다.

50발이 아니면, 아주 커다란 한 발.

장난감 대포라도 샀어야 했나. 핸드백에 안 들어가는 건 싫은데. 뭐, 원리는 총이나 대포나 똑같으니까.

"이 못생긴 새끼, 죽어어어어어어어어어어!"

제정신인 아이들도, 아닌 아이들도 모두 본능적으로 귀를 막았다. 눈에 보이지 않는 무언가가 폭발을 일으켰다. 젖은 흙이, 운동장이 통째로 터져 학교 밖으로 날아갔다.

뉴스에는 M고 운동장에 매설되어 있던 가스관이 터졌으나, 다행히 인명 피해는 없었다는 보도가 나갔다. '머리'가 죽을 때 가스관도 터지긴 터졌으니 거짓말은 아니었다.

그날 보충수업이 있었던 아이들, 특히 옥상에 있었던 아이들은 뭔가 잊을 수 없는 일이 일어났음을 알고 있었으나 아무도 입 밖으로 꺼내 말하지 않았다. 그래서는 안 될 거 같았다. 인표는 학부모들이 항의해 올 경우, 강바람을 타고 강 건너 공단에서 환각 유발 물질이 날아온 것 같다고 변명할 생각이었는데 다행히 학생들부터 잘도 믿어 주었다. 고등학생이면 벌써 다 큰 것 같지만 그래도 비이성적인 상황에서 어른들을 그만큼 잘 믿기도 힘들다. 믿지 말아야 할 어른들까지 철석같이 믿어 버린다. 아직 남아 있는 순수한 표정과 열려 있는 눈동자가 선생님들을 버텨 내게 하는 힘이기도 했다.

진정 국면을 맞고 나서, 은영과 인표는 왜 일부의 아이들에게만 모종의 현상이 일어났는지 조용히 알아보았는데, 공격을 받은 아이들은 모두 최근에 알려지거나 알려지지 않은 실연을 경험한 것으로 판단되었다.

방학이 끝났을 때, 승권은 혜현의 남자 친구가 되어 있었다. 제대로 된 고백은 결국 하지 못했는데도, 보충수업 마지막 날 집에 가는 버스에서 혜현이 가만히 머리를 기대 왔던 것이다. 어쩌면 그냥 졸렸을지도 모르지만, 승권은 철망에 찢어진 손바닥이 더 이상 아프지 않았다.

보건교사 안은영은 그 이후로도 수도 없는 기행을 거듭했는데, 옥상에 있던 아이들이 졸업한 후에는 나쁜 소문이 따르고 말았다. 은영이 약간 맛이 갔는데, 사실상의 권력자인 한문 선생의 여자라 다들 봐준다는 소문이었다. 악의적인 소문이었지만, 은영이 싸우고 잡으러 다니는 나쁜 덩어리들은 다른 이들의 눈엔 보이지 않으니 어쩔 수 없는 일이었다. 그보다 자신도 그 소문이 진짜인지 아닌지 점점 헷갈리게 되었다. 커다란 걸 잡아야 할 때면 어쩔 수 없이 한문 선생의 손을, 말 그대로 손 자체를 빌려야 했기 때문이다. 잊을 만하면 한 번씩 손을 잡는 사이가 되었으니 헷갈릴 수밖에 없다.

인표로 말하자면 은영보다 훨씬 악명을 떨치게 되었다. 지하층 전부를 메워 버렸기 때문이다. 표면적인 이유는 건물이 노후되어 기반을 재보강한다는 것이었지만, 학생회 측에서는 자치 공간 관리가 귀찮아서 그런 극단적인 조치를 취했다고 받아들였다. 새로운 독재자의 등장이라고 소문이 나도 어쩔 수 없었다. 인표는 할아버지가 학교를 맡긴 이유를 알 것 같은 날도 있었지만, 대부분의 날들엔 여전히 아리송했다. 할아버지가 알던 사람이 못에 몸을 던지기라도 했나 수소문해 봤는데 이렇다 할 소득은 없었다. 이유야 어쨌든 할아버지는 좋은 파수꾼이었고, 인표는 아직 한참 모자라다는 것만이 분명했다.

인표와 은영은 뭘 굳이 잡지 않아도 되는 날에도 가끔 옥상에 올라갔다.

"엄청나게 나쁜 터에 학교를 세워 누르려고 하셨던 걸까요?"

인표가 진지하게 물었다.

"에로에로 에너지는 생각보다 대단하니까요."

은영이 아무렇게나 대답했다.

그리고 두 사람은 습관적으로 손을 잡았다.

토요일의
데이트메이트

놀토였다. 공식적으로 주 5일제였지만 토요일에는 격주로 영재반 수업이 있어서 놀토라는 말은 M고 교사들에게 여전히 쓰였다. 놀토에는 놀이터에 간다. 학교에 다니기 시작한 이후, 은영은 언제나 그래 왔다. 은영이 가는 놀이터에는 은영의 첫사랑이 산다.

놀이터는 낡은 아파트 단지 가운데 있다. 재개발 얘기가 계속 나왔지만 주민들 간에 합의가 이루어지지 않아 그대로 방치된 곳이었다. 놀이터의 상태는 흉물스럽기까지 했다. 요즘은 거의 찾아 볼 수 없는 시멘트로 통째 떠 낸 미끄럼틀이 육중하게 중앙을 차지했다. 미끄럽지 않기 때문에 미끄럼틀이라 부르기도 부끄러운 구조물이었다. 코끼리를 어설프게 흉내

낸 미끄럼틀에 페인트가 알록달록 발려 있던 날도 있었지만 이제는 탁한 회색 말고는 남은 게 없어서 죽은 코끼리를 연상시켰다. 선 채로 죽은, 머리가 지나치게 큰 코끼리 말이다. 몇 년 전에는 심지어 바닥까지 시멘트였는데 그나마 그건 싸구려 모래로 교체되었다. 굵고 습한 모래 속에선 이물질이 끝없이 나왔다. 끊어진 그네, 축이 돌아간 시소, 녹이 슨 철봉. 한때 숱한 아이들을 다치게 했던 놀이터였지만 이제 아이들조차 보기 힘들다.

은영의 첫 친구, 정현이만 남아 있다.

머리에서 항상 조금 피가 나는 아이였다. 어렴풋이 이상하다는 생각은 했어도 겨우 다섯 살이었던 은영은 꽤 오래 깨닫지 못했었다. 은영이 정현을 좋아했기 때문에 더 늦었는지도 모른다. 누가 좋아하지 않을 수 있겠는가? 정현은 다른 친구들은 보지 않고, 은영만을 봐 줬다. 은영이 오면 놀던 걸 모두 던지고 은영에게 달려와 줘서 좋았다. 다른 애들과는 달리 언제 가든 그 놀이터에 늘 있어서, 약속을 참 잘 지킨다고 생각했다. 다른 애들이랑 노는 건 정현이랑 노는 것의 반도 재미가 없었다. 둔감한 은영의 부모는 은영이 혼잣말을 한다고 걱정했다. 사교성이 없는 애라고 말이다. 은영은 다만 좀 다른 쪽에 사교성이 좋았던 것뿐인데.

우연히 들었다. 윗집 아줌마가 미끄럼틀에서 떨어져 죽은 아이 얘기를 하며 겁을 줄 때 그게 정현이란 걸 알았다. 그걸 알았을 때는 이미 학교에 들어간 참이었고, 가족들과 친구들이 세계의 단단한 부분을 밟고 살아간다면 자신은 발이 빠지는 가장자리를 걸어야 함을 슬슬 깨달아 가던 중이었다. 그리하여 완전히 아이처럼 보였던 정현이 점점 젤리처럼 보였다.

해가 저도 아무도 데리러 오지 않는 아이. 처음에 만났을 땐 은영보다 머리 하나가 컸는데, 이젠 은영보다 훨씬 작아진 아이. 언제나, 언제나 머리에서 피가 나는데도 개의치 않는.

은영은 마음이 아파져서, 과자를 사 들고 종종 놀이터에 가곤 했다. 봉지를 뜯어 두면 정현이 달려와서 까드득까드득 씹었다. 과자는 줄지 않았지만 소리는 생생했다. 여전히 정현과 노는 건 좋았다. 학교에서는 이미 은영이 이상한 애라고 소문이 나고 난 다음이었다. 이제 영리하게 구분할 줄 안다고 생각해 조금만 자만하면 꼭 혼동을 하고 실수를 했다. 아이들은 귀신보다 귀신같이 은영의 기묘한 부분을 알아챘다. 어린 은영은 점점 말수가 줄었고 정현과 놀이터에 앉아서 엄마를 기다렸다. 죽지 않아도, 죽은 아이가 아니라도 엄마가 데리러 오지 않을까 봐 걱정하기 시작했다. 부모님이 은영의 상태를 두고 격하게 싸웠기 때문이다. 가끔 정현이 부러웠다. 사람들은 정현을 무서워하지 않고 무서워할 필요가 전혀 없는 은영을 무서워했다.

다른 동네로 이사를 가고, 학교를 졸업하고, 취직을 하고, 다시 학교로 돌아가서도 은영은 놀이터를 찾고 있다. 처음 정현을 만났을 때도 팔았고 지금도 파는 과자들을 골라서 말이다. 오래 살아남은 과자들이 있는 반면 잠시 등장했다가 사라진 과자들도 많다. 은영은 과자들의 그런 흥망과 생멸에 어떤 비밀이 숨어 있지 않을까 엉뚱한 생각을 했다. 인표가 할 만한 생각이었다. 정현과 과자를 먹는 시간은 완전한 휴식과 이완의 시간이었다. 되도록 생각 같은 건 하지 말자고 은영은 정현의 정수리를 내려다보며 마음먹었다.

하나도 자라지 않은 정현은, 종종 은영도 아직 아이라고 착각해 버린다.

―누가 더 오래 거꾸로 매달려 있는지 할까? 응?

"나는 이제 가만있어도 뼈가 아파. 게다가 넌 피가 몰리지도 않잖아. 내가 너무 불리하지."

―칫. 어른이 되더니 재미없어졌어.

"……엄마는 요즘도 와?"

―응. 가끔 오는 것 같아. 할머니 다 됐어. 근데 자꾸 나, 시간을 잊어버려.

"무슨 소리야?"

— 엄마가 어제 왔던 것도 같고, 영원히 안 올 것도 같아. 게다가 가끔 아주 작은 너를 만나. 머릿속이 뒤죽박죽이야.

"머리가 아프진 않구?"

은영이 손을 뻗어, 정현의 머리에서 흐르는 피를 닦는 시늉을 해 본다. 닦을 수 없다는 걸 알면서도 매번.

— 응, 안 아파.

정현은 대수롭지 않다는 듯 과자를 먹는다. 실제로 먹는 것도 아닌데 어떻게 소리를 내는 걸까. 은영은 핸드백 속의 비비탄 총과 깔때기 칼을 생각했다. 정현이 아파했더라면, 혹 정현이 한 사람에게라도 해를 끼쳤다면 예전에 정현을 분해했을 것이다. 하지만 정현은 너무나 무해했다. 격하게 몸부림치며 부서지는 죽음도 있는가 하면 정현처럼 비누장미같이 오래 거기 있는 죽음도 있는 것이다.

— 꼬깔콘은 포장이 육각형이었을 때가 더 맛있었던 거 같아.

정현이 투덜거렸다.

"이상하게 그렇지?"

은영은 자기도 모르게 동조하고 만다. 놀이터를 찾아와도 정현이 없는 날이 올지도 모르지만, 그때 슬플지 아닐지 지금으로선 잘 모르겠다. 요즘은 가끔 정현이 죽은 아이가 아니라 놀이터에서 죽은 아이에 대한 소문이 만들어 낸 덩어리일지도 모른다는 생각도 든다. 정현이 엄마라고 생각하는 사람은 전혀 상관없는 사람일 수도 있다. 은영은 한 번도 정현의 엄마를 본 적이 없다. 20여 년째 정현을 찾아오면서도.

— 니가 우리 엄만 건 아니지?

"징그러운 소리 하네."

— 알아. 혹시나 하고 물어본 거야. 자꾸 잊어버려서.

안전하고 폭신한 놀이터가 늘어나면서 놀이터에 대한 무시무시한 소문들도 사라졌고 정현 또한 부스러져 가는 건 아닐까. 아이들이 놀지 않는 놀이터에 매일 혼자 있는 건 쓸쓸할 텐데, 혹시 손을 잡고 정현을 다른 인기 있는 놀이터로 옮겨 주는 것도 가능할까. 물론 그랬다기는 한 번에 산산조각 날 수도 있지만 말이다. 고민하고 있는데 휴대폰이 울렸다. 전화만 울리면 정현은 깜짝깜짝 놀란다. 영 익숙해지지가 않는 모양이었다.

"예, 홍 선생님."

약속 시간에 늦지 말라는 인표의 확인 전화였다.

— 누구?

"같이 일하는 선생님."

— 더 안 놀고 갈 거야?

"미안. 다시 올게."

— 약속해. 내일?

"응, 내일."

은영은 거짓말을 한다. 몇 주는 지나야 올 수 있겠지만, 정현에겐 마찬가지일 거다. 마지막으로 정현이 과자를 양손 가득 쥐게 해 준다. 여전히 소리만 나는데도 정현의 얼굴에 포만감이 떠올랐으므로 은영은 오전 일과가 만족스러웠다고 스스로 평가했다.

"왜 맨날 늦어요?"

"볼일이 있었어요."

일부러 늦는 것은 아닌데 오는 길에 몇 덩어리 흘고 나면 꼭 늦고 만다. 눈에 띄는 걸 흘지 않을 수도 없고 곤란했다. 심경이 불편한 인표처럼 인표 차의 보조석 안전벨트는 빡빡했다. 아무래도 보조석에 누가 자주 타지 않는 것 같다. 두 사람은 대개 학교 이야기를 하는데 의견이 매번 갈려서 썩 분위기가 좋진 않다. 그렇게 논쟁에 정신이 팔렸다가 목적지에 도착해서는 인표가 장애인용 주차 칸에 차를 세울 때마다 흠칫거리고 마는 것이다. 보호 장막이 하도 세서 인간 장갑차에 가까운 사람이 무슨 장애인이람, 은영에게 인표의 다친 다리는 너무 미미한 문제로 보였다. 그런 속마음을 자주 들켰으므로 인표는 매우 억울해했다. 자꾸 만 명에 한 명 있을까 말까 한 행운아라고 하는데 요즘은 골반도 아프고 허리도 아프고 어깨까지 아프구먼, 대체 이 선무당이 뭐라 하는 건가 싶은 것이다.

두 사람이 놀토 오후마다 하는 일은 쉽게 말하면 명승지 관광이었다. 인표를 만나기 전에는 은영 혼자 하던 일이다. 주로 오래된 절, 사람이 많이 다니는 절에 가서 탑에다가 살짝 손가락을 댄 다음 충전을 한다. 푹 자고 일어나도 충전이 되고 인표의 손을 잡을 때마다도 충전이 되지만 명승지에서의 충전은 정말이지 질이 달랐다. 일상의 충전이 휘발유 급유라면 고급 엔진오일 교체 같은 것이랄까. 유통기한이 지난 티백과 다도 장인이 정성을 다해 우려낸 차의 차이랄까. 격무에 시달리고 나면 독이 자주 오르는 은영은 늘 구석구석을 맑은 것으로 가득 채울 필요가 있었다. 특히 탑돌이 행사라도 하고 난 다음이면, 탑마다 번개를 저장한 것만큼 순도 높은 에너지가 넘쳐서 은영은 열심히 훔칠 수 있다. 남의 소원을 훔쳐서 살다니, 얼마나 이상한 인생인가. 은영은 자주 자조적이 되었다.

"들킨 적은 없어요?"

은영의 능력이 주로 학교를 위해 쓰이므로, 교통편과 경비를 부담하며 굳이 따라다니겠다는 인표가 물었다.

"스무 살 때쯤 주지 스님에게 걸린 적이 한 번 있어요. 제가 탑이랑 사리탑, 사람들이 쌓아 놓은 돌무지까지 열심히 건

드리고 다니고 있는데 뒤에서 슬쩍 '얻어 가시면 좋은 데에 쓰셔야 합니다.' 하시는 거예요."

"이야, 역시 아시는구나. 그래서 어쨌어요?"

"괜히 쪽팔려서 한동안 절에 못 갔어요. 대신 유명한 조각 상이 있는 성당에 다녔죠. 베드로 조각상의 발가락을 잡고 오래오래 기도하는 척했어요."

"거기서는 아무도 뭐라 안 했어요?"

"한 수녀님이 측은해하시면서 부활절 초콜릿을 주셨는데 알고 주셨는지 모르고 주셨는지는 모르겠어요."

"충전 다 했으면 이제 갈까요?"

"안 돼요, 아직 약수를 못 마셨어요."

"그거 식중독 걸려요. 아무 물이나 그렇게 마시는 거 아닌 데."

"그럼 홍 샘은 먹지 말든가요."

은영과 인표는 남산에도 자주 갔다. 남산 타워를 석탑처럼 노리는 건 아니었고, 그 앞에 연인들이 자물쇠를 채워 둔 철 망에서 훔쳤다. 자물쇠는 매번 갈 때마다 늘어나 있어서 양으로만 따지면 더 나을 때도 있었다.

"남의 사랑을 훔쳐서 먹고살다니……. 남의 소원을 훔치는 것보다 이게 더 비열한가?"

은영이 혼잣말을 했을 때였다.

"에이, 먹고살려고 하는 거 아니잖아요. 공익을 위해 힘쓰니까 괜찮아요. 망봐 줄 테니 열심히 훔치세요."

건성으로 자물쇠들마다 쓰인 메시지를 뒤적이던 인표가 위로했다. 그래도 인표랑 다니면 혼자 다닐 때보다 남의 눈에 덜 띄긴 했다.

"보양식 먹을까요?"

"아뇨, 같이 다녀 주시는 것만으로 감사한데요, 뭘."

"안 선생님, 혹사시키네 못해 먹겠네 주중에 계속 투덜거리지 말고 주말에 최대한 이용해요."

"그냥 돈으로 주시면 안 돼요?"

"돈으로 줄까요?"

"학교 돈을 받을 수도 없고 선생님 돈을 받을 수도 없고, 속상해라."

"이번 주는 옻닭으로 줄게요."

저녁을 먹으러 가는 길엔 야경이 소원처럼, 사랑처럼, 약속처럼 빛났다. 언젠가는 소원을 훔치는 쪽이 아니라 비는 쪽이 되고 싶다고, 은영이 차창에 이마를 대고 밖을 내다보며 생각했다.

"창에 자국 나잖아요, 개기름 좀 봐!"

잠시 친절한가 싶더니만 인표의 날카로운 핀잔이 날아왔다.

"안 묻혔어요, 안 묻혔다고요."

은영이 소매로 얼른 흔적을 지웠다. 홍인표, 두고 보자. 은영이 인표를 노려보자 인표가 데시 보드에서 기름종이를 꺼내 은영의 무릎에 기분 나쁘게 떨어뜨렸다. 저거 언젠가는 한번 들이받아야지, 곤란할 때 내팽개쳐 둬야지, 안은영 진짜 성질 많이 죽었다······. 은영이 어금니를 물고 기름종이 한 장을 꺼내 이마를 콕콕 찍었다.

황금 같은 놀토가 지나가고 있었다.

럭키, 혼란

"정말 그거 다 훔칠 거야?"

박민우(본명보다 더 자주 '혼란'이라고 불리는 고3)이 불안해하며 물었다.

"생각해 봐. 이 캠프 2박 3일짜리야. 그럼 인증서 한 장에 무려 3일이 생긴다고. 봉사 시간이 모자라서 한 번 더 간다고 하면 돼."

"3일 동안 어디서 먹고 자게?"

"다 수가 생기게 되어 있어. 쫄지 좀 마. 아무도 모르게 아무 데나 갈 수 있어."

"그럼 우리 쓸 만큼만 뜯지 왜 그렇게 많이 뜯는데?"

"나머지는 다른 애들한테 장당 3만 원에 팔 거야. 넌 조용히 망이나 봐. 문턱도 넘어오지 마. 부정 타면 안 돼."

구지형('럭키'라고 불리는 고3)은 자신감에 차 있었다. 민우가 망을 볼 필요도 없었다. 지형은 부욱, 봉사 활동 인증서 한 뭉치를 바인더에서 뜯어냈다. 그 소리가 서늘한지 민우가 뒤통수를 만졌다.

"아, 이래도 되나 몰라."

지형이 인증서들을 옷 속에 잘 갈무리했다.

"서울 돌아가면 넌 도장이나 파."

"도장까지 찍게?"

"도장이 없으면 쓸모없지."

"도장을 뭘로 파?"

"지우개."

"내가 그걸 무슨 수로 파?"

"미술부잖아. 비인기 동아리 들었으면 뽕이라도 뽑아."

"지는 얼마나 좋은 동아리 들었다고. 당구부는 대체 정체성이 뭐냐? 공식 양아치들이냐?"

"왜 이래, 국민 건강 스포츠를 두고."

어느 쪽이나 별로 이미지가 좋지 않아 두 번씩 떨어져 3지망 동아리에 든 두 친구는 투닥거리며 숙소로 돌아갔다. 습지 살리기 환경 캠프였는데, 두 사람 다 누가 몇 번이나 신었는지 모를 낡을 고무장화를 신고 종일 질퍽이며 걸어야 했다.

그것까지는 참았다. 숙소에 방충망이 없는 건 좀 너무했다. 모기 퇴치 밴드를 얻긴 했어도 영 효과가 의심스러웠고, 뜯기다 못해 더 이상 어디가 간지러운지 간지럽지 않은지도 모를 상태로 새벽을 맞자 인증서 절도라는 범행을 감행한 것이다. 습지는 살리고 싶지만, 무좀도 모기도 싫었다. 그저 서울에 돌아가고 싶을 뿐이었다. 게다가 논 가마우지는 어째선지 민우만 보면 매우 공격적이었다.

"내가 너한테 고르라고 하는 게 아니었는데. 내가 선택했어야 했어. 그럼 이보다 훨씬 쉽고 거저먹는 캠프였을 거야."

지형이 숨겨 온 담배를 꺼냈다.

"암 걸려. 그딴 것 좀 그만 피워."

"난 안 걸려."

민우는 정말 지형이 암에 걸리지 않을지도 모른다고 생각했다. 지형은 나쁜 확률에는 절대 당첨되지 않는다. 이러니저러니 해도 지형이 놀아 줘서 다행이라고 여기는 민우였다.

"저 두 사람은 형제인가?"

저녁 급식 시간, 그 잠시를 틈타 축구를 하는 남자애들을 내다보며 은영이 중얼거렸다.

"누구요?"

젤리피시가 침대에서 부스스 몸을 일으키며 물었다. 혜현은 학년이 바뀌어 3학년이 되었지만 여전히 보건실에 와서 자는 버릇을 고치지 못했다. 천연덕스럽게 아프다고 와서는 온몸에 힘을 다 빼고 늘어졌다. 몸에서 힘을 그렇게까지 뺄 수 있다니, 은영으로서도 신기해서 포기하고 그냥 놔두게 되었다. 지난번의 경험이 어떤 친밀감을 가져오긴 한 모양인데 3학년이 저렇게 많이 자도 되는지, 일단은 수험생 흉내라도 좀 내야 하지 않을지 은영이 다 걱정이었다. 경쟁에 적합해 보이지 않은 동물이라 귀여운 것이지만 그래도 은영은 혜현을 자주 깨웠다.

"쟤네 둘."

남자애 둘 사이가 뿌옇고 긴 땋은 머리로 이어져 있었다. 진짜 머리카락은 아니지만, 물컹물컹한 뿌연 젖빛 젤리 다발로 말이다. 형제 사이에서도 저런 경우는 잘 못 봤는데 이제껏 발견하지 못한 게 신기했다. 한 명은 수비수고 한 명은 공격수라 꽤 멀리 떨어져 있는데도 아주 확실하게 연결되어 있었다. 총총총 땋은 머리가 목 뒤 칼라 안쪽에서 솟아난 모양이 꼭 옛날 도련님들 같았다.

"음? 혼란? 아뇨, 쟤 외동일 텐데."

은영의 손끝을 따라 운동장을 살피던 혜현이 대답했다.

"작은 쪽하고 친해?"

혜현이 잠시 대답하지 못했다.

"민우가 혜현일 좀 좋아했던 것 같아요."

여자 친구가 잔다고 저는 따라와서 조그만 태블릿으로 인터넷 강의를 듣던 승권이 대신 대답했다.

"아냐."

"맞아."

"아냐."

"너같이 둔한 애가 어떻게 아냐? 맨날 모르면서. 내가 좋아했던 것도 몰랐잖아."

"……."

어린것들이 왜 여기서 사랑싸움을 하는지, 은영은 약간 짜증이 났다.

"됐고. 민우는 몇 반 무슨 민우야? 왜 별명이 혼란이야?"

"8반 박민우예요. 음……. 애가 나쁘지는 않은데 항상 일을 크게 만들어요. 쟤만 관계되면 정말 혼란스러워진달까요."

승권도 창가로 오며 대답했다.

"하지만 나쁜 애는 아니에요. 오히려 착하고 친절한데."

혜현이 대신 변명했다.

"그러니까, 너한테만 친절한 거라니까."

승권이 욱했다.

"……예를 들면 어떻게 혼란스러워져?"

은영이 너희 그거 조금 더 하면 화낼 거야, 하는 목소리로 다시 물었다.

"가볍게는, 제2 외국어 시간에요. 지망이 다 달라서 교실을 바꿔서 한단 말예요. 8, 9, 10반이 그때 중국어랑 독일어 시간이었는데 민우가 돌아다니면서 7, 8, 9반이 자리를 바꿔야 한다고 잘못 전달한 거죠. 결국 7, 8, 9, 10반 애들이 모두 뒤섞여서 선생님들이 오셔서야 정리가 됐어요."

"뭐 그렇게 심각한 건 아니네."

"왜요? 심각한 거면 선생님이 개입하시려 했어요?"

혜현이 눈을 반짝였다.

"그냥 좀 특이해 보여서. 그럼 나머지 한 애는? 몰라?"

승권이 뭘 아는지 잠깐 망설였다.

"다른 선생님들한테 말 안 할게. 그냥 얘기해."

"엄청 뭘 뽀려요. 그걸 다시 팔아요. 학교보단 학원에서 주로 훔치나 본데, 전자 기기라든지 걸어 놓은 옷이나 가방이라든지 품목도 안 가려요. 운동화도 몇 번 가져왔던데 그건 또 어디서 훔쳤지? 아마 너무 비싼 건 피해서 큰 문제 생길 것 같지 않은 것만 훔치나 봐요. 한 번도 안 걸렸어요. 그래서 럭키라는 모양인데 애가 서글서글하고 인물도 괜찮고 하니까 다들 안 캐서 그렇지, 언젠가는 걸릴 거예요."

"아, 걔구나. 나 쟤 기억나. 양갱 준 애. 언젠가 요 앞 가게에서 양갱 열다섯 개를 훔쳐 왔었어요, 쟤. 얻어먹어 놓고 까먹었네."

먹이로 사람을 기억하는 젤리피시였다. 어째서 하필 양갱만 열다섯 개? 은영은 잠시 요즘 10대들의 군것질 취향에 대해 고민했다.

하지만 어쨌든 양갱이 중요한 게 아니었다. 은영은 거기까지 듣고 두 녀석을 체크리스트에 올리기로 했다. 아직 심각해 보이지는 않지만, 두 녀석 사이의 잦은 머리 포물선이 어떤 균형을 깨뜨리는 건 분명해 보였다.

"정말 도장 파야 돼? 스캐너를 적절히 이용하면 안 될까?"

민우는 지형이 떠맡긴 점보 지우개를 미심쩍게 바라봤다. 실패할 경우를 대비해 다섯 개나 되었다.

"마른 인주의 촉감이라는 게 있어. 만지면 딱 안다고. 스캐너라니, 그런 아마추어 같은 말을."

지형이 전문가용 세밀 조각도 한 세트도 내밀었다.

"이것도 뽀렸냐?"

"뽀리긴, 그동안의 수익금으로 샀어. 투자하는 거야. 제대로 파. 봉사 활동 인증서가 성공적이면 간이 상점 확인증도 수요가 있을 거 같아. 자, 학주 도장 잘 찍힌 거 확대 복사한 거야. 이것도 파."

벌점이 누적되면 아예 포기해 버리는 학생들이 많았으므

로 규정보다 좀 더 상점을 자주 부여하기 위해 선생님들이 들고 다니는 메모장이 있었다. 나중에 담임이 취합하여 서버에 등록하는 방식이었다. 민우나 지형은 상점을 좀처럼 기록에 남기지 못하고 벌점을 상쇄하는 용도로 써야 했다. 주변의 친구들도 마찬가지라 확실히 수요가 있을 게 분명했다.

"캠프장 도장은 크지만 학주 건 너무 작아. 차라리 어디 먼 동네 도장 가게에 가는 게 낫겠다. 내가 이걸 어떻게 파?"

"대충 비슷하게만 해 봐."

지형이 민우의 어깨를 한 번 주물러 주고는 웹툰을 보기 시작했다. 독서실의 이 방에는 민우와 지형밖에 없었다. 책상에 붙은 LED 등의 각도를 비장하게 조절하고, 책들은 다 위의 선반에 올려 버렸다. 깨끗한 책상에 지우개와 조각도만 두고 민우는 마음속의 파도를 가라앉혔다. 혼란은 의외로 손재주가 좋은 편이었고 그 손재주는 언제나 럭키의 독려로 극대의 가능성을 꽃피워 왔다.

아무리 봐도 열심히 할 때가 없는데 성적이 괜찮은 지형과 열심히 하지만 시험만 보면 혼란스러워지는 민우는 비슷한 성적과 당첨 운으로 같은 중학교에서 진학해 왔다. 중학교 고등학교 6년 내내 두 번 빼고 계속 같은 반이었으니 대단한 확률이 아닐 수 없었다.

"다 했다."

민우가 조각도를 내려놓자 지형이 가방에서 인주를 꺼냈다.

"찍어 볼까?"

"흠."

"왼쪽이 좀 뭉치지?"

"응, 거기만 살짝 더 얇게 밀어 봐."

두 사람은 도장을 가까이 들여다보며 크나큰 만족감을 느꼈다. 인간문화재 정도는 되어야 느낄 만한 순수하고 온전한 만족감이었다. 지형이 조그만 과자 박스에 휴지를 깔고 지우개 도장 두 개를 눕혔다.

"민우랑 지형이요?"

인표가 2학년 교무실의 컵을 씻으며 잠시 생각에 잠겼다.

"네, 샘네 반이었다면서요?"

은영이 재촉했다. 은영은 교무실이 사실 좀 불편했다. 가십을 좋아하는 국어 선생님의 귀가 이쪽으로 쫑긋한 게 보일 정도였다. 인류의 귀 근육은 퇴화된 게 아니었나 보다. 국어 선생님은 아주 작은 사건도 실제보다 훨씬 토속적이고 원색적으로 각색하는 솜씨가 있었다. 자빠뜨렸다느니 방아를 찧었다느니 하는 어휘를 저렇게 도회적으로 생긴 선생님이 즐겨 쓰다니 믿을 수 없었다. 무엇보다 소문 속에서 돈을 보고 따라다니는 여자라고 비웃음 사는 건 기분 나쁜 일이었다. 실상은 인표 쪽이 은영의 보조 배터리로 따라다니는 건데 말이다.

"둘이 붙어 다니는 애들이죠."

"걔네 어때요?"

"아주 모범적이라고 할 수는 없지만, 크게 잘못될 것 같지도 않아요. 안 선생님이 아직 잘 몰라서 그러는 거예요. 직접 애들이랑 마주칠 기회가 적으니까. 저맘때 남자애들은 조금씩 삐딱선을 타요. 다들 승권이같이 처음부터 의젓한 건 아니니……. 그랬으면 좋겠지만 대부분은 늦죠."

"글쎄요, 그게 그런 문젠가. 둘이 뭐 특별히 이상한 짓은 안 했어요?"

"어디 보자……. 지형이는 성인 잡지를 애들한테 몇 백 원씩 받고 빌려주다가 들킨 적이 있어요. 하지만 매년 그런 놈이 꼭 한 놈씩 있고 아주 저질 잡지도 아니었어요. 아아, 민우. 민우는 좀 큰 거 쳤다."

"어떤 거요?"

"걔가 햄스터를 학교에 데리고 왔다가 잃어버린 거예요. 아니, 왜 햄스터를 데려와, 데려오긴……. 체육 시간에 상자 잘 닫고 나갔다는데 끝나고 오니까 없으니 그 반 애들이 단체로 햄스터를 찾아 다녔어요. 찾고 찾다가 점심시간이 되었는데 남의 반까지 쳐들어가 반마다 국통을 휘젓고……. 설마 햄스터가 국통에 빠졌을까 봐, 대체 왜 그랬는지 몰라요. 애들이 햄스터 들었다고 집단으로 밥을 안 먹고 난리였는데 민우는 한 여섯 시간 울었나. 지형이가 결국 다른 반 폐휴지함에서 찾았는데 그 햄스터가 어떻게 거기까지 갔는지 모르겠어요."

"햄스터가 안 죽어서 다행이네요. 작은 동물들은 놀라기만 해도 죽는데 말예요."

은영은 혼란과 럭키에 대해서 생각했다. 함께 다니며 사건을 만들고 또 해소하기도 한다. 아직까지는 아무도 다치지 않았으니까, 햄스터도 다치지 않았으니까 괜찮은 것 같았다. 어쩌면 아주 살짝만 틀어 주면 될 듯도 했다.

"너 곱슬머리만 아니면 좀 멋있을 거 같애."

오후의 햇살로 온열 방석처럼 달아오른 스탠드에 앉아, 혜현이 민우에게 말을 걸었다. 민우는 분명히 들었지만 듣지 못한 척 '으응?' 하는 표정으로 혜현을 봤다. 그러자 혜현이 더 큰 목소리로 말했다.

"스트레이트파마를 하든가 바짝 반삭 같은 걸 하면 어울릴 거 같다고."

그러고는 입꼬리를 햄스터처럼 말고 한껏 귀여운 표정으로 민우와 눈을 맞추었다. 혜현처럼 키도 크고 서구적인 애가 저렇게 귀여운 표정이라니, 게다가 그게 어울리다니, 혼란은 한껏 혼란스러워지는 걸 느꼈다. 작년에 쭈뼛쭈뼛 말 걸 때는 아무 반응도 없었는데 이게 웬 뒤늦은 반응이란 말인가. 그보다 다른 반 남자애랑 사귄다더니 설마 깨졌나.

"어……. 다음번에 그렇게 해 볼까."

소기의 목적을 이룬 혜현이 자리를 떠나고 멀리서 지켜보던 지형이 왔다.

"젤리피시가 뭐라 했냐?"

"머리 스타일을 바꾸면 좋겠대……."

말하면서도 얼떨떨해하며 민우가 대답했다.

"조승권이랑 사귀는 거 아니었나? 어디서 어울리지도 않는 게 관리질을 하고 난리야. 야, 정신 차려. 그만 쳐다봐. 여자애들은 뒤통수로도 다 알아."

"머리, 잘라야겠다. 스트레이트 약은 전혀 안 먹더라고."

"바로 자르면 없어 보여. 적어도 2주는 기다렸다가 쟤 말이랑 상관없는 듯이 잘라야지."

그러나 민우는 지형의 현명한 조언을 한 귀로 흘리고 다음 날 바로 머리를 바싹 밀고 왔다.

"정말 머리 때문인 줄 알았는데 말이지."

은영이 난처한 얼굴로 혜현과 승권에게 사과했다. 혜현은 재밌었다며 개의치 않았지만 승권은 대답이 없었다.

"아니, 저 같은 미녀 요원이 미인계에 성공했는데 이렇게 빗나가다니 말예요?"

속도 없는 젤리피시만 보건실에서 너울거렸다.

"심한 곱슬머리면 가끔 이상한 영향력이 생기는 경우가 있어서 시도해 볼 만하다고 생각했는데 빗나갔네."

은영은 당황스러웠다. 민우와 지형이 둘 다 곱슬머리라는 점이 제일 유력했는데 말이다. 민우는 물론 수세미 같은, 대책이 서지 않는 곱슬머리였고 지형은 줄리앙 석고상 같았지만……

"머리카락이 아니라면, 겨드랑이여야 할 텐데요."

한참 불편한 얼굴을 하고 있던 승권이 지적했다.

"응?"

"겨드랑이가 아니라, 음, 더 민감한 데도 있으니까요."

"으악."

혜현이 알아듣고 기겁을 했다.

"으으, 나도 겨드랑이까지만 시도해 보고 그만둘래. 비키니 왁스까지 시킬 생각은 없다고!"

은영도 질색이었다.

"겨드랑일 겁니다."

인표가 확신했다.

"아니, 어떻게 확신하세요?"

"대개 그렇잖아요. 아기장수설화에서도 그렇고 겨드랑이는 자주 날개를 뜻하니까요."

"그렇게 아는 척하는 얼굴 참 싫거든요? 처음엔 선생님도 머리카락이라고 했으면서."

인표가 보던 책을 탁, 접고 일어섰다.

"두 사람 사이에 뭐가 있든 그걸 정말 끊어 놓을 필요가 있을까요? 너무 큰 간섭 아닐까요?"

"저도 망설여지기는 하는데 경험상 이런 일은 확산하는 나선형 꼴이에요."

"확산하는 나선형이요?"

"점점 더 사고가 커질 거예요."

"나선형은 수렴할 수도 있지 않나요?"

은영은 자기도 모르게 '정말 그렇게 믿으세요?' 하고 회의적인 표정을 지어 보였다. 인표도 '그거야 그렇죠.' 하고 수긍했다.

"그럼 제가 그 주변을 슬쩍 확인해 본 다음 다시 계획을 세워 봅시다. 의외로 별일 없을 것 같지만요."

인표는 내내 뜨뜻미지근했다. 은영이 지나치게 개입하는 게 아닌가 싶었던 것이다. 지형은 언젠가 인생이 그토록 럭키한 것만은 아니란 걸 깨닫기만 하면 특유의 오만함을 버릴 수 있을 것이고, 민우야 워낙 성정이 좋은 아이니 지금보다 차분해지기만 하면 멀쩡한 어른이 될 것이다. 아직 오지 않았지만 언젠가는 분명히 올 미래인데 조급할 필요가 뭐가 있단 말인가. 인표는 은영이 틀렸다는 걸 증명해 보일 심산으로 아이들의 관계망을 살살 흔들어 보았다. 이미 다 알고 있으며 확인을 위해 물을 뿐이라는 태도가 핵심이었다. 처음에는 걸려드는 게 없더니, 곧 알이 굵은 감자 덩굴처럼 줄줄이 딸려 올라왔다.

"아직 산 건 아니구요."

"아직은 안 샀고. 살 생각은 있었고?"

뭔지도 모르면서 인표는 아는 척했다.

"아뇨, 저는 아니고요."

"얼마에?"

"3만 원이요."

"종류는 뭐뭐 있었어?"

"만드는 중이랬는데요. 일단 봉사 활동 인증서랑 상점 확인증이랬어요."

하, 이것 봐라. 인표는 기가 막혔다. 이실직고한 아이가 붕어처럼 눈만 크게 뜨고 처분을 기다리고 있기에 얼른 보내 버렸다.

"너 이거 얼마나 커질 수 있는 일인지 알아? 이해하고 있어?"

인표가 지우개 도장을 매만지며 민우를 내려다봤다. 민우는 뻘게져 가지고 대답이 없었다. 거친 곱슬머리가 그새 좀 길어 있었다. 조금 붉었다.

"정말 아직 안 팔았어?"

"안 팔았어요."

막 개시하려던 참이었다. 개시도 안 했는데 어떻게 걸린 것인지 알 수 없었고, 그래서 더 정신이 없었다.

"민우야, 너 이런 거 할 애 아니잖아. 왜 그랬어? 지형이가 시켰어?"

"아니에요."

어째선지 모두가 자신을 지형의 수하쯤으로 여기는 게 민우는 늘 분했지만 지금은 분해할 여유조차 없었다.

"안 되겠다. 지형이 불러와라."

두 아이가 곧 불그죽죽하고 푸르죽죽한 얼굴로 인표 앞에 섰다. 인표는 조용히 눈썹 칼 두 개를 내려놓았다.

"눈썹 밀라고요?"

놀라면 놀랄수록 핏기가 사라져 하얘지는 지형이 물었다. 머리가 기민하게 움직이는 지형이었지만, 지형 역시 어떻게 걸려들었는지 파악이 되지 않았다. 좀처럼 흥분하는 일이 없는 인표인 게 그나마 다행이었다.

"아니, 둘 다 셔츠 벗어라."

"네?"

"눈썹 칼을 들고, 겨드랑이를 밀어라."

"허어어?"

"으엑, 싫어요!"

그러나 인표는 눈 하나 깜짝하지 않았다. 인표의 표정을 본 아이들은 인표가 장난을 치는 게 아니란 걸 깨달았다.

"……선생님, 저희가 잘못한 건 알겠는데,"

"알겠는데?"

"근데 이 벌의 의미는 잘 모르겠거든요?"

"고대에는 겨드랑이 털이 뜯겨 나간 날개를 뜻했다. 반역자들을 잡아다 기름 솥에 넣기 전에 확실히 하려고 겨드랑이 털을 밀었지. 세상에 그렇게 수치스러운 형벌은 없을 거야."

인표가 지어낸 말에 민우와 지형은 넘어가고 말았다. 그도 그럴 것이 수업 시간에도 늘 옛날에는 어쩌고 하며 엉뚱한 벌만 주는 편이었기 때문이다. 두 사람은 정말로 수치스러워하며 겨드랑이를 밀었다. 암모니아 냄새가 나는 남학생들의 겨드랑이 털이 부스스, 상담실 바닥에 떨어졌다. 사실 인표 입장에서도 별로 보고 싶은 광경은 아니었다.

그래도 인표의 예측은 맞았다. 민우와 지형의 겨드랑이가 맨숭맨숭했던 그 한 달여 기간 동안, 두 사람은 입학 이래 최고로 모범적이었다. 민우는 미술 대회에서 입상을 했고 지형

은 지각 한 번 하지 않았을뿐더러 토론 수업에서 두각을 드
러냈다.

"하지만 다시 자라겠죠?"

은영이 조바심을 내며 물었다.

"하는 데까지만 하는 겁니다. 능력 밖의 일을 어쩔 수 있나
요."

인표도 계속 생각나는 것은 마찬가지였으나 티를 내고 싶
진 않았다. 그저 학생들이 순종적이기만을 바라는 건 아니었
다. 그보다는 둘을 분리해 줌으로써 둘의 풀 포텐셜을 끌어낼
수 있는 일이라면 교사로서 솔깃할 수밖에 없었다.

"제대로 매듭을 짓지 않으면 또 이상한 일을 벌일 텐데."

은영이 신경질적으로 슬리퍼를 바닥에 문질렀다.

"매듭, 매듭이라……."

"왜 늘 하던 걸 갑자기 못해?"

지형이 민우를 질타했다.

"난 평소대로 했지. 니가 잘못 받아쓴 거지."

민우는 민우대로 억울했다. 두 사람은 숙달된 커닝 파트너
였다. 길고 긴 커닝의 역사를 함께 써 왔다고 해도 과언이 아
니다. 처음에는 아마추어답게 기침과 허벅지로 책상다리 치
기를 했다. 들통 나기 쉬운 것도 문제고, 과목별로 25문항만

쳐도 허벅지에 쥐가 날 상태가 되는 게 괴로웠다. 그래서 그다음에는 책상 상판의 나사 두 개를 활용, 책상의 세로 변을 5등분하여 컴퓨터 사인펜의 위치를 옮기는 방식도 썼다. 의심을 받을라 치면 귀 뒤에 손가락을 끼거나 발을 페달 삼아 임기응변을 하기도 했다. 이 모든 게 가능하려면 자리 확보가 중요했고, 그 과정에서 둘 아닌 다른 파트너들이 낄 때도 있었다.

"그럼 아예 한 과목씩 나눠서 공부하지, 뭐. 우리 성적이 거기서 거기고."

서너 사람일 때는 좋은 이야기였다. 하지만 한 줄이 통째 공모하거나 하면, 서로를 믿고 아무도 공부를 안 하는 최악의 사태가 벌어지는 경우도 있었다. 그리하여 다시 초심으로 돌아가, 민우와 지형은 다른 아이들을 끼우지 않고 1학기 기말고사를 두 사람이서만 제대로 한번 해 보기로 한 것이었는데 민우가 보낸 답을 그만 지형이 밀려 쓰고 말았다.

"내 커닝 역사에 이런 치욕이라니."

"그보다 이제 그만하자. 안 그래도 봉사 활동 인증서 준다 해 놓고 망쳐서 애들 심기가 불편한데, 눈치채면 일러바칠지도 몰라."

지형도 이번엔 민우의 말에 동의할 수밖에 없었다.

"시험도 곧 끝나니 민심을 다시 얻을 필요가 있겠군. 그렇다면 우리, 방석을 훔치러 가자!"

"방석?"

"이제 다들 수능 모드에 들어갈 거 아냐. 행운의 방석은 역시 여학교 방석이지."

"어차피 남녀공학인데 좀 멀리 떨어진 반 여자애들 거 훔치는 게 쉽지 않겠어?"

"그건 금방 들킬 거야."

다음 날 하굣길, 지형은 비장하게 서서 같은 구에 위치한 L여고를 올려다보았다. M고보다 형광등 빛이 창백했다. 주광색을 쓰지 않고 백색을 쓰는 모양이었는데 그래서 더 극적으로 느껴졌다. 지형이 느리고 균일하게 다짐의 숨을 내쉬더니, 폭죽 한 다발을 민우에게 안겼다.

"또 나만 걸리는 거 아냐?"

"그럼 니가 직접 들어갈래?"

"아니……. 그래도 트인 공간이 낫겠지. 폭죽 이리 줘. 라이터도 좀."

"내가 돌아오지 못하면, 가져."

"300원짜리 주면서 개폼은."

지형과, 지형이 어떻게 꼬드겨 냈는지 반에서 날래기로 유명한 여섯 명이 두 패로 나뉘어 각각 건물 양끝 현관으로 올라갔다. 민우는 그들이 계단을 오르는 시간을 계산하며 잠시 가만 서 있었다. 손톱으로 심지 끝을 누르면서.

전통 매듭 공예부의 부장 전아령은 한문 선생님과 보건 선생님이 찾아와 매듭 특강을 해 달라고 하자 다소 얼떨떨했다. 책을 보고 조곤조곤 수다를 떨며 예쁜 색실을 이 색 저 색 섞어 보는 평화로운 시간이었고 담당 선생님조차 자주 들여다보지 않는 동아리였는데 선생님 둘이 끼어들자 아이들이 술렁였다. 이 선생님들이 왜?

"동심결 묶는 거 가르쳐 드릴까요?"

"아니, 그런 거 말고 사대부들이 주로 하던 매듭 좀 가르쳐 줘."

"사, 사대부요?"

"응응, 남자들이 주로 하던 거 있잖아. 관운을 상승시킨다든가, 입신양명을 표현하는 그런 거? 연애 그런 거 말고, 온전히 스스로를 위하는 거. 다른 사람이랑 안 얽히고 안쪽으로만 향하는 매듭."

"최대한 개인적이고 독립적이고 그런 걸로 좀 부탁해."

평소에는 뭐에라도 홀린 듯 뿌옇게 걸어 다니던 보건 선생이 눈을 빛내며 물어 오는 것도 꽤 부담스러웠다. 그래도 아령은 여동생이 둘이나 있는 큰언니였고 초등학생인 막내에게 매듭을 가르친 바 있었다. 설마 초등학생에게 가르치는 것보다 어려울까 싶어서 설명을 시작했다.

"이게 귀도래 매듭…… 그리고 가재눈 매듭과 게눈 매듭의 차이는 이거예요. 자, 이제 꼰디기 매듭을 해 볼까요?"

양손에 핀셋을 하나씩 들고, 인표가 가는 실들을 이리저리 꼬아 댔다. 하지만 은영은 몇 개의 매듭을 지나고 나자 책상에 머리를 처박고 말았다. 은영이 학생들이 듣지 않을 때 속삭였다.

"홍 샘. 저 이거 못하겠어요. 차라리 총칼 들고 싸우는 게 적성에 맞아요. 어디가 어디랑 꼬이는지 어디 사이로 어디를 넣으라는 건지 하나도 모르겠어요. 저는 파이터예요. 이런 거 못해요."

그 말에 인표가 하이 노트로 웃었다.

"평소에 자기가 무슨 여전사인 줄 알죠? 그런 여전사 이미지는 안 선생님 머릿속에만 있고요, 실제로 다른 사람들이 보면 장난감 들고 허우적허우적하는 것 같거든요? 매번 엉덩이는 왜 그렇게 뒤로 빼요? 운동 좀 해요. 검도를 하든지 사격을 제대로 배우든지, 정 안 되면 근력 운동이라도 좀."

"그럼 나 운동하러 가게 샘이 이거 혼자 하면 안 돼요?"

다른 아이들 것을 봐주러 갔던 전아령이 돌아왔다. 두 사람 것을 체크해 보니 보건 선생님의 의욕이 꺾인 게 작품에서 표가 났다.

"오늘은 여기까지만 하세요. 대신 다음 시간엔 숫나비 매듭과 매미 매듭까지 완성할 거예요. 매미 매듭은 고난도예요. 도래 매듭과 가재눈 매듭과 게눈 매듭이 섞인 건데……."

은영은 그 말을 듣는 것만으로도 혼이 나갔고 집중력 있게 경청하는 인표를 보며 전생에 엄청 참한 규수였나 보다, 나는 시정잡배였나 보다, 가벼운 좌절에 빠졌다.

지형의 동체 시력은 탁월해서, 속도를 줄이지 않고 달리면서도 방석을 잘도 포착했다. 교실 뒷문에 들어서자마자 빈자리의 방석들을 완벽하게 파악해 가장 효율적인 동선으로 수거하여 앞문으로 갈 수 있었다. 벨크로가 많아 편했고 리본이 너무 꽉 묶인 것은 대충 봐서 포기했다. 학원에 다니는 인원이 많은지 대체로 비어 있었고 남아서 공부하던 여학생들은 대개 불쾌해하고 화를 냈지만 개중에는 복도에서 고함지르는 교사들을 고소해하는 축도 있었다. 교사가 미운지 침입자들이 미운지 차이가 있었겠지만 지형은 이해하지 못했다.

"전화번호도 좀?"

여학생 한 명이 웃으며 귀여운 메모지에 적어 주었다.

"수능 끝나면 반 미팅 안 할래?"

소리 없이 웃는 게 귀여운 아이였다. 지형은 대답을 기다리지 않고 바쁘게 뛰어 다음 반으로 넘어갔다.

그 교실에는 유난히 사람이 없었다. 이 반을 마지막으로 할까, 퇴각의 하울링을 다른 층까지 들리도록 크게 지르며 방석을 낚아챘다.

"그 방석은,"

창가에 혼자 앉아 있던 여자애가 놀라 만류했을 때, 지형은 전혀 듣지 못하고 이미 앞문으로 빠져나가고 있었다.

"죽은 애 건데……."

"8반이라면 그 둘이 있는 반이죠? 몇 명이나요?"

"전부요. 야자 하려고 남은 열여섯 명이 한꺼번에 울고 있어요."

"왜요?"

"물어도 대답을 안 해요. 안 선생님이 보셔야 할 것 같은데요."

"쯧, 올라갈게요."

은영이 가운 뒤로 칼과 총을 꽂았다. 남아서 다음 주에 있을 성교육 자료를 만드는 중이었다. 어쩐지 학교에서 일하고 싶더라니, 이놈의 직감이란. 투덜대면서 3학년 교실로 갔다.

장관이었다. 장관이라면 말이다.

평소에 나는 다 컸소, 우리가 가장 나쁜 나이이기 때문에 무미건조한 표정 말고는 지어 줄 표정이 없소, 하는 얼굴로 유령처럼 걸어 다니던 3학년 녀석들이 통곡을 하고 있었다. 몸을 앞뒤로 흔들고, 책걸상을 버리고 바닥에 앉아서, 심지어는 옷을 벗으며 울고 있었다.

은영은 그 한가운데로 들어갔다. 다른 학교 교복을 입은 여자애가 있었다. 웅크린 채 지형이 깔고 앉은 방석 모서리를 꽉 쥐고 울고 있었다.

"방석 어디서 난 거야?"

지형도 우느라 대답을 하지 못했다. 민우가 울면서 손가락으로 창밖을 가리켜 보였다. 의미 없는 손짓이었지만 은영은 대충 방석 사냥이 있었구나 짐작했다. 여자아이가 더 크게 울기 시작했다.

사는 것도 혼란스러운 나이에 죽어서, 미처 그 죽음의 상태에도 익숙해지지 못한 채 엉뚱한 곳에 뜯겨 온 아이였다. 눈앞에서 아이의 옷이 찢어지기도 했고 여기저기 멍이 나타나기도 했고 피를 뱉거나 얼굴에 반점이 생기기도 했다. 끊임없이 변화하면서 울고 있었다. 그 변화들만으로는 왜 죽었는지를 짐작할 수도 없었다. 은영은 그런 죽음을 싫어했다. 때이르고 폭력적인 죽음 말이다. 그런 죽음을 그만 보려고 직장을 옮긴 것인데 결국 또 보고 말았다. 울음의 동심원 안에 앉아 혼란스러워하는 여자아이에게 말을 걸어 보려 했지만 통하지 않았다.

이번엔 너희가 정말 잘못한 거야. 모르고 한 거였다 해도. 이 아이를 데려와서는 안 되는 거였어. 애초에 방석 훔치기 자체가 꺼림칙하고 시대착오적이기 짝이 없는데 어째서…….
은영은 속상했지만 다른 방법이 없었다. 접은 상태로는 아이스크림콘만 한 은영의 플라스틱 칼이, 살짝 여자애를 그었다.

울던 아이들이 정신을 차리기 전, 은영이 지형의 의자에서 거칠게 방석을 잡아 뺐다. 방석을 태우는 내내 마음이 무거웠다.

겨드랑이 털이 자라는 시간. 매듭으로 묶을 수 있을 만큼 자라는 시간. 풍성하게 자라 그 매듭이 파묻혀 눈에 띄지 않을 만큼 기는 시간.

그 시간 동안 수능이 끝났다.

"이러다 애들을 놓치겠어요."

은영이 조바심을 냈다.

"제일 좋은 기회가 남아 있어요. 이제부터는 개별 상담의 시간이니까요. 제가 이 일을 위해 2학년 담임이면서 3학년 진학 상담 보조에 자원했잖아요. 표면적으로는 진학률에 욕심이 생겼다고 해 뒀지만 얼마나 꼴이 이상하고 복잡해졌는지 생각하면……. 성과를 꼭 거둬야겠어요. 마지막으로 매듭 예행연습을 합시다."

인표가 핀셋과 실을 꺼내 왔다. 아무리 해도 인표처럼 예쁘게는 못하지만, 은영도 이제 제법 매듭다운 매듭을 만들 줄 알게 되었다. 주말마다 특훈이었다.

매듭이 일정 수준에 이르고 나서는, 럭키와 혼란을 어떻게 가만있게 할 것인가를 두고 의견이 분분했었다. 밧줄과 수면제와 온갖 흉흉하고 인권 침해적인 방법들이 나오고 나서 은영이 실토했다.

"선생님, 저 사실 딱밤으로 사람을 기절시킬 수 있어요."

"딱밤으로요?"

인표는 속으로 굉장히 놀랐으나 드러내지 않으려 애쓰면서 되물었다.

"딱밤에 적당한 기운을 실어 관자놀이를 때리면 기절하더라고요."

"자주 해 봤어요?"

"아뇨, 딱 한 번. 그래서 말 안 했던 거예요."

"딱 한 번 언제?"

"대학 다닐 때요."

"누구를요?"

"취객을요. 전철에서 더듬기에 저도 모르게."

은영은 10여 년 전 전철에서 성추행을 하는 취객을 딱밤으로 쓰러뜨려 '3호선 분노의 딱밤녀'가 되었던 추억을 인표에게 고백했다. 인터넷에 사진이 남아 있지 않아 다행이었다.

"결전의 날이다."

지형이 뒷문, 거울 앞에서 왁스를 바르며 비장하게 선언했다. 앞머리를 만지는 손놀림이 마치 극상의 경지에 다다른 장인의 것과 같았다. 민우가 덜 마른 머리로 마스터의 손길을 기다렸다. 지형이 어제부터 왁스가 잘 먹으려면 꼭 반건조여야 한다고 신신당부를 했기 때문이다. 민우와 지형을 포함해 오늘따라 평소보다 훤한 반건조 남자애들이 열일곱 명이었다. 바로 오늘이 방석을 훔친 L여고와의 반팅 날인 것이다.

"자, 자, 너무 진지하게 굴지 말고 쨍하게 놀자. 어차피 재수하게 되면 아무 소용 없으니까."

지형은 그렇게 말하면서도 자신만은 재수를 하지 않을 거라고 확신했다. 아닌 척 긴장한 남자애들이 향수 대신 섬유 탈취제를 뿌려 대는 통에 곧 교실 공기가 매캐해졌다.

"인원수는 잘 맞는 거야?"

민우가 불안하게 물었다. 지형이 잠시 고민했다.

"흠, 아직 확정은 아니야. 잘못하면 네 명쯤 모자랄지도 몰라……. 너 그 학교에 초등학교 동창 있댔지? 걔랑 걔 친구들도 오라고 해."

"내 말 듣고 오려나."

민우는 일단 동창에게 메시지를 보낸 다음, 혹시 안 올지도 모르니 2순위, 3순위, 4순위에게도 같은 내용을 전송했다.

"아, 맞다. 한문 꼰대가 오늘 너랑 나랑 잠시 들르랬는데. 2학년 담임이 뜬금없이 난리야."

지형이 투덜댔지만, 민우는 사실 인표를 좀 좋아하는 편이었으므로 얼른 상담실로 따라 나섰다. 두 사람이 자리에 앉자마자 문 뒤에 서 있던 은영이 튀어나와 동시에 관자놀이에 딱밤을 날렸다. 경쾌한 소리와 함께 아이들이 의자에서 미끄러지는 걸 은영과 인표가 잡아다 담요에 눕혔다.

"시작할까요?"

인표가 핀셋을 들었다.

"깨어날 때가 됐는데."

은영이 간만에 보건교사로서의 의무를 다하며 아이들의 맥박을 쟀다. 그새 아이들의 양 겨드랑이에 단단히 매듭을 지어 둔 다음이었다. 네 개의 고난도 매듭이었다. 기운이 새지 않도록 잡아 묶었다. 매듭도 매듭이었지만 옷을 벗기는 게 보통 일이 아니었는데 럭키의 꼭 끼는 재킷과 셔츠도 문제였지만, 혼란의 경우 겹쳐 입은 티셔츠 안에 발열 내복까지 입고 있었기 때문이다. 그걸 도로 다 입히고, 축 늘어진 몸을 의자 위에 앉히고 나서까지 아이들은 깨어나지 않았다.

"조금만 있다가 큰 소리로 깨우면 일어날 거예요."

은영이 어쩐지 꺼림칙한 기분으로 자기 손톱 밑을 살피며 말했다.

"얼른 가 보세요. 이따 새로 생긴 훠궈 집이나 가죠."

인표가 손등으로 땀을 닦았다. 겨울에 이게 웬 땀이란 말인가. 운동장을 내다보니 눈이 내리고 있었다. 눈발이 굵진 않았다. 가루같이 내리는 마른 눈이었다. 오전 출석이 끝난 3학년 무리가 우유갑을 차며 시간을 죽이고 있었다. 신속하게 사라지던 녀석들이 오늘따라 많이 남아 있었다.

"자, 그래서."

철제 책상이 크게 울리도록 발로 차며 말하자 두 아이가 눈을 떴다. 약간 멍한 얼굴이었다.

"지원하고 싶은 데가 어디라고?"

건성으로 진학 상담에 들어간 인표는 어째선지 하다 보니 꽤 진심이 되고 말았다. 덕분에 두 아이는 의식을 잃었던 시간을 눈치채지 못했다.

얼떨떨하게 깨어난 지형과 민우가 차마 상상하지 못했던 부분은, 교문 밖으로 몰려오고 있는 50여 명의 여고생들이었다. 민우의 초등학교 동창들이 지나치게 활약한 탓에 남자애들의 세 배 인원이 모집되고 말았던 것이다.

인표와 두 아이보다 먼저 여학생들을 발견한 은영이 한숨을 쉬며 조용히 블라인드를 내렸다.

"나는 이제 모르겠다, 제발 좀 졸업해 버려."

원어민 교사 매켄지

2학년에서 3학년으로 올라가며 어째선지 체력이 푹 떨어진 선화는 엄마가 물려 준 홍삼 절편을 입안에서 굴리며 언덕길을 오르고 있었다.

"아아아아, 무슨 놈의 학교를 산꼭대기에다 지어 놨어."

물론 M고는 그렇게 높은 데에 있지 않지만, 수험생 체력이란 그런 것이다. 홍삼 절편은 아직도 물러지지 않고 딱딱했다. 입에 침이 쉽게 고이지 않을 만큼 컨디션이 나빴다. 어제 자율 학습 시간 끄트머리에 잠시 엎드렸을 때는 심지어 가위까지 눌렸다. 머리맡에서 웬 여자애들 셋이 선화가 정말 자는 걸까 쓸데없이 토의를 했다.

"애 정말 자는 걸까."

"좀 찔러 봐."

"약간 정신이 드나 본데. 들리는 걸까, 우리가."

이년들아, 안 잔다고! 선화는 몸을 확 일으키고 싶었지만 뒤통수가 눌린 듯 꼼짝도 할 수 없었다. 온몸이 옴짝달싹하지 않았지만 가위에 하도 자주 눌리다 보니 무섭지도 않았다. 짜증이 날 뿐이었다. 20분쯤 그러고 있었을까, 드디어 쉬는 시간이 되었고 옆자리 짝이 의자를 빼며 선화의 몸을 건드려 줘서 깨어날 수 있었다.

"아, 고마워."

"뭐가?"

"또 가위 눌렸거든. 나 잘 때 혹시 내 머리맡에서 꽁알거린 애들 없었지?"

"뭔 소리야. 담임이 내내 저기 앉아 있었어. 아무도 못 떠들지. 우리 담임은 사생활이 없나 봐. 집에를 안 가. 연애라도 좀 하지……."

"팍팍한 얼굴 좀 봐라. 연애는 무슨 취미도 없을 거야. 그나저나 이 학교에 귀신 있어, 진짜. 집에서는 안 눌리는데 학교만 오면 미친 듯이 눌린다니까."

짝은 끝내 믿어 주지 않았다. 기 센 년, 부러웠다. 아침부터 발이 질질 끌린다. 어쩐지 오늘도 가위에 눌릴 것만 같다. 이미 지각인 선화가 약간 포기한 채로 터덜터덜 다시 언덕을 오를 때였다.

"굿모닝, 슬리피 헤드!"

AFKN에서나 나올 것 같은 목소리가 선화에게 말을 걸었다. 최근에 온 원어민 교사였다. 영어 유치원에 문법 따로 회화 따로 학원을 다녀 온 선화였지만 어버버 하고 말았다.

"머리에 뭐 있어요, 섬띵 인 유어 헤어."

늘 같은 말을 한국말로 한 번, 영어로 한 번 하는 원어민 선생이 선화의 머리로 손을 뻗었다. 수업을 들어 본 적은 없지만, 1학년들 사이에서는 꽤 인기가 좋은 교포 출신 미남이었다. 선화는 부스스한 머리를 마구 뒤적였다. 아니, 저 캘리포니아 남은 왜 아침부터 내 머리를 들여다봐……. 건물 사이로 낮게 들이치는 햇살에 원어민 선생의 태닝한 피부와 그에 대조되는 희고 고른 이가 반짝 빛났다. 선화는 그 묻었다는 것이 손에 잡히지 않자 얼굴이 점점 빨개졌다.

"내가 해 줄게요. 웨잇, 웨잇, 렛 미……. 오케이, 던."

원어민 선생이 장한 일이라도 한 아이가 칭찬받으려는 것 같은 표정으로 손바닥을 벌려 머리에서 떼어 낸 것을 보여 줬다. 모서리에 갈퀴가 있는 마른 씨앗이었다. 덤불 속을 지나 온 것도 아니고 이런 게 왜 붙었을까. 선화는 그래도 뭔가 민망할 만한 게 아니어서 다행이라고 생각했다.

교문에서 복장 지도를 하고 있던 인표는 출근하는 매켄지와 눈이 마주치자 가볍게 턱인사를 했다. 지난번 원어민 교사는 40대 초반의 캐나다인이었는데, 자꾸 여학생들에게 캐나다 남자랑 결혼하는 것에 대해 어떻게 생각하냐는 등 부적절한 언행을 일삼아 해고됐다. 이번에는 영어과 선생님들 전원이 나서 심층 면접을 통해 고른 이가 매켄지였다. 그래도 불안했는지 인표까지 불려 가서 마지막 면접을 진행했다. 다른 최종 후보는 뉴질랜드 출신의 굉장한 건강 미인이었는데 면접을 오는 날 음, 어떻게 말하면 좋을까. 굉장한 노 브라였다. 뉴질랜드에선 자연스러운지 몰라도 일단 교사인 인표의 눈길도 자꾸 쏠리는데 사춘기 애들을 이 서구적인 건강함에 노출시킬 수 없다는 결론에 이르고 말았다. 나중에 그 이야기를 들은 보건 선생이 불을 뿜으며 브래지어가 유방암을 유발한다느니, 인생을 살며 한 가지 운동에만 투신하라고 한다면 노브라 운동일 것이라느니, 이제부터 자기라도 실천하겠다느니 펄펄 뛰었지만 그런다 한들 임팩트가 같으리오 싶었던 게 인표의 속생각이었다.

"이름만 듣고는 완전히 외국 분인 줄 알았어요."

"아, 어머니가 재혼하셔서요. 굳이 저까지 바꿀 필요는 없었지만 바꾸면 거기선 더 살기 편하지 않을까 싶었어요. 이제 와선 정말 그랬는지 잘 모르겠지만 말이에요."

"한국말도 아주 잘하시네요. 학생들한테는 수업이 아닐 때도 되도록 영어로 해 주세요. 한국말을 잘 못하시는 척하시는 게 편할 거예요. 그리고 또 어디 보자, 어? 군 복무를 하셨네? 안 해도 되는 거 아니에요?"

"사실 제가 좀 방황을 해서요. 좋은 동네 출신이 아니라…… 엄마가 정신 차리라고 군대에 보냈어요."

"그래서, 차렸어요?"

나이 지긋하신 영어 선생님이 웃으며 물었다.

"아뇨, 맞기만 엄청 맞았죠. 그래도 한국이 훨씬 놀기 좋더라고요. 더 오래 놀다 가고 싶어서 지원했습니다."

이 숨김없는 말에 잠시 망설여졌지만, 할아버지의 명언이 떠오르자 곧 마음을 정할 수 있었다. 할아버지는 놀아 본 놈이 큰 사고는 안 친다고 하셨다.

인표와 달리 은영은 매켄지가 처음부터 마음에 들지 않았다. 은영은 쉽게 다른 사람을 싫어하지 않는다. 사람을 좋아하는 편이어서는 아니고 싫어하는 데에도 에너지가 들기 때문에 그럴 여력이 없어서다. 그런데도 매켄지는 어쩐지 거슬렸다.

매켄지는 자주 보건실 창문 앞을 지나다녔다. 처음에는 치기 어린 걸음걸이, 어슬렁어슬렁하며 몸을 과하게 기울이는 모양새가 탐탁지 않은 줄 알았다. 그런데 조금 더 자세히 보니 그게 아니라 에로에로 에너지가 하나도 느껴지지 않는 게 문제였다.

"말도 안 돼. 저건 가짜야."

은영은 자기도 모르게 입 밖으로 외치고 말았다. 그런 건 가능하지 않다. 은영이 은영만이 할 수 있는 일을 할 수 있게 된 이후로, 한 번도 그런 인간은 본 적이 없는데 말이다. 스님도 목사님도 비뇨기과 수술 환자도 90대 노인도 두 살 아기도 모두 에로에로 젤리를 피워 내느라 바쁜데, 심지어 그 성격 나쁜 인표 선생도 멍 때리는 순간에 보면 뭉게뭉게한데, 매켄지 같은 20대 청년에게 없을 리가 없다. 그렇다면 아주 큰 문제가 있는 거다. 아직 드러나지 않았을 뿐 크고 나쁜 문제가…… 은영은 에로에로 파워에 대한 엄청난 맹신을 불태우며 마침 지나가는 매켄지를 노려봤다.

매켄지가 은영을 돌아보며 싱긋, 웃었다. 은영은 마주 웃어 줄 타이밍을 놓치고 말았다.

황유정은 4층 1학년 교실 창가에서 매켄지가 남자애들과 농구하는 모습을 지켜보고 있었다. 농구장은 창가 바로 아래도 아니었다. 운동장 멀리 저쪽 변인데도, 좋아하는 사람의 모든 건 땀방울 하나까지 잘 보인다는 사실이 놀라웠다.

좋아하는 사람.

유정은 입안에서 그 말을 계속 굴려 본다. 좋아하는 사람, 맥 샘, 좋아해, 좋아해요, 선생님, 선생님이 좋아요…… 입안에서는 이렇게 달고 완벽한데 막상 어제 혼자 방에서 말해 볼 때는 너무나 우스꽝스러운 목소리와 발음으로 나왔다. 아마 누구에게도 끝까지 말할 수 없을 것이다. 다른 애들은 그렇게 쉽게 하는 말, 유정이 하면 기분 나쁜 농담이나 심하면 공격으로까지 받아들여질 테니까.

학교는 언제나 끔찍했다. 이 학교뿐 아니라, 초등학교 때부터 줄곧. 몇 번이나 자퇴를 하고 싶었다. 초등학교 때는 아토피 때문에, 중학교 때는 잘 맞지 않는 샴푸 때문에 각질이 좀 일어났던 것뿐인데 '더러운 비듬쟁이'라고 표적이 되었다. 고등학교에 와서도 표적에서 벗어나지 못했다. 표적이 되고도 아무렇지 않게 빠져나오는 아이들이 더러 있던데 유정은 아니었다. 잔인한 아이들도 싫었고 잘해 주는 아이들까지 싫었다. 안쪽이 고장 나고 있다는 걸 알긴 알았지만 그저 혼자 있고 싶었다. 자퇴만 할 수 있다면 뭐라도 할 수 있을 것 같았다. 부모님이 좀 더 유연한 사람들이었다면 하게 내버려 뒀을 텐데 불행히도 그렇지 않았다.

유정의 출석 일수는 매켄지 덕분에 정상에 가까워졌다. 선생님을 좋아하는 여자애들, 사실은 멍청이 같다고 생각했었는데 이제 유정이 그중 하나가 되었다. 원어민 교사는 뭐, 진짜 선생님도 아니지만 말이다.

어째서 이렇게 되었냐 하면, 매켄지가 유정의 앞머리를 걷어 올리고 예쁘다고 말했기 때문이다.

예쁘다는 그런 뻔한 소리, 한 번도 듣고 싶었던 적 없었다. 그런 말에 반한 건 아니었다. 맥락이 조금 달랐다. 그때 반 남자애들 몇이 서로 유정의 회화 파트너가 되기 싫다며 미루면서 못 견디게 굴고 있었고, 매켄지도 다른 선생님들처럼 못 본 척 수업을 할 줄 알았다. 그러나 대신, 크고 활기찬 걸음으로 구석진 유정의 자리까지 왔다. 그리고 분필이 묻은 손을 바지에 슥 문지르고, 기분 좋은 손등으로 유정의 앞머리를 걷어 올리고 눈을 맞추었다. 그렇게 악의 없이 장난스럽게 웃는 눈은 처음이었다. 교육적인 걸 노린 쇼가 아니었다. 그런 걸 노리는 눈이 아니었다. 정말로 유정을 보고 웃었다. 유정이 놀라 아무 말도 못하고 있을 때, 매켄지는 벌써 다른 아이들을 돌아보며 이렇게 말하기 시작했다.

"너흰 다 바보들이야. 시 더 포텐셜! 유정이 얼마나 예뻐. 피부도 끝내 줘. 비율도 죽여. 왜 포텐셜을 못 봐. 너희 대학 가면 유정이가 캠퍼스에서 제일 예쁠 거고, 왕창 후회나 하겠지."

아무도 매켄지의 열변을 진지하게 듣지 않았고, 피부니 비율이니 전혀 선생님이 할 말은 아니었다. 하지만 유정만은 매켄지가 말하는 내내 쇼크 속에 있었다. 누가 똑바로 봐 준 것이 얼마 만인지 기억나지 않았다. 다른 사람의 의견에, 소문에, 분위기에 굴하지 않고 자기만의 판단을 해 준 것도. 비록 그 판단은 조금 틀린 것 같긴 했지만 말이다. 유정이 언젠가 예뻐지고 사랑받을 그런 날은 영원히 오지 않을 것이다. 안팎으로 엉망이어서 다시 태어나야 가능할 테다. 하지만 매켄지가 말하고 있을 때만큼은 유정조차 잠시 믿었다. 사기라도 좋아. 속고 싶어. 그런 속마음을 앞머리가 들춰진 순간 다 들켜 버린 것만 같았다. 누가 유정을 위해 용기 있게 거짓말을 해 준 것으로 충분했고 게다가 거짓말 솜씨는 훌륭했다. 매끄럽고 단단한 무언가를 연상시키는 거짓말이었다.

다시 복도에서 마주쳤을 때, 매켄지가 또 유정을 보고 말했다.

"갯 어 헤어 컷. 돈 하이드."

유정은 정말로, 앞머리를 아주 조금 잘랐다. 많이 자르진 못했다. 다른 사람들은 못 알아챌 정도였지만 머리를 감을 때 가벼워진 느낌이었다. 늘 아프던 목과 어깨가 덜 아픈 듯했다.

"미스터 홍!"

인표는 점심을 먹고 들어오다가 아이들과 농구를 하고 있던 맥 선생에게 붙들렸다. 같이 하자고, 같이 하자고 열렬하게 제스처를 취하는데 기가 막혔다. 아니, 이 인간이나 저 인간이나 나 다리 불편한 걸 왜 모른 척하는 걸까. 농구 할 수 있으면 내가 이러고 다니게? 인표는 멀찍이서 고개를 재빨리 저어 거부의 의사를 밝혔다. 원어민 교사는 눈썹을 외국인처럼 축 늘어뜨리며 아쉬워하고는 자신도 아이들 틈에서 빠져나왔다.

"원 모어 게임, 원 모어 게임."

애들이 보내 주려 하지 않았지만, 매켄지는 가볍게 계단을 올라섰다.

"미안, 가야 해. 가드닝 타임."

처음 매켄지가 자원해서 원예부를 맡았을 때 교사들은 물론이고 학생들까지 누군가가 억지로 떠안겼다고 생각했다. 계약직 교사가 동아리를 맡는 경우도 잘 없을뿐더러 아무리 봐도 맥 선생과 원예부는 어울리지 않았으니까 말이다. 매해 부원도 턱없이 부족한 원예부를 없애지 않기 위해 학내 규정이 바뀌었다는 소문은 사실에 가까웠다. 그러나 매켄지가 힙합 스타일로 수건을 쓰고 엄청난 열의로 전면부 후면부 화단을 다 갈아엎고 못 보던 품종의 꽃들을 심기 시작하자, 사람들도 진지하게 받아들일 수밖에 없었다. 캐릭터 있는 원어민 교사가 왔다는 것이 학교 전체를 아우르는 평가였다.

젤리피시는 쿵쿵, 하고 간만에 방문한 보건실 냄새를 맡았다.

"그리웠어요, 이 냄새."

"넌 왜 이렇게 자주 출몰하니? 졸업생이 자꾸 나타나면 없어 보여."

은영은 친밀한 구박을 했지만, 혜현의 뒤에 어두운 꼬리가 달린 걸 보고는 더 뭐라 하지 않았다.

"승권이랑 헤어졌어요……."

혜현도 숨기지 않고 바로 탁 털어놓았다. 은영은 왜냐고 물어보지 않았다. 고등학생 커플이 대학에 가서도 꾸준히 잘 지내는 일은 잘 없고, 혜현같이 무심한 생물이 연애를 오래 하는 것도 어려워 보였다. 승권이는 참 좋은 녀석이었지만 어쩔 수 없는 일이었다. 젤리피시가 답지 않게 슬픔으로 너울거리는 게 보기 안쓰러웠다.

"선생님, 타로 점 보러 안 가실래요?"

"그런 거 다 거짓말이야."

"으엥, 선생님이 그런 말 하면 이상해요."

"다는 아니지만 대개 별로 할 줄 아는 것도 없는 사기꾼들이 하고 앉아 있던데, 뭐."

"아녜요. 우리 학교 앞에 장난 아니게 잘하는 아줌마가 있대요. 선생님이 그 아줌마를 착, 보면 뭐가 보일지 궁금해서요."

"싫어. 내가 왜 너랑……."

그 순간 혜현의 귀가 축 처지는 게 보여 은영은 마음이 약해져 버렸다.

소지품을 챙겨 현관을 나서는데 인표와 마주쳤다.

"어, 혜현이 왔네. 안 샘, 우리 지금 참치 집 가는데 같이 안 갈래요?"

은영은 참치란 말에 침이 꼴깍, 넘어갔으나 제자를 우선시하는 좋은 선생님이 되기로 결심하고 차분히 거절했다. 인표의 얼굴에 '웬일이야, 저 여자가 참치를 거절하고.'라는 자막이 지나가서 조금 기분이 상했다. 얼굴로 말하는 남자 같으니라고.

이 부장님 저 주임님 다 모시고 인표는 참치 집으로 향했고, 그중에는 매켄지 선생도 끼어 있었다. 다른 선생님들이 영어 한마디씩 붙여 보느라고 킬킬거렸기 때문에 막상 영어 선생님들은 불편해하는 분위기였다.

"얼마나 방황을 했으면 어머님이 군대를 보내요?"

참치 위에 무순을 가지런히 얹으며 인표가 물었다. 매켄지는 이미 취해 있었다.

"사실 심각한 건 아니었는데, 대마초를 하다가 엄마한테 걸렸어요. 근데 거기선 다들 한두 번 궁금해서 해 보거든요. 그때 이후론 한 번도 한 적 없고요."

매켄지는 거기서 말을 잠시 멈추고 인표와 다른 선생님들의 눈치를 살폈다. 각자 나는 꽉 막힌 사람이 아니라는 얼굴로 맞받아 주었다. 그러자 매켄지가 이어 얘기했다.

"워낙 동네가 좋은 동네가 아니었어요. 정말 약쟁이가 된 친구들도 있었고, 크리스탈도 막 구할 수 있었거든요. 환경이 나쁘다고 생각하신 것 같아요. 군대에서 처음엔 진짜 싫었어요. 쉬라고 하기에 누워서 쉬었더니 막 욕먹고……. 그래도 눈치가 생기고 나니 지낼 만했어요. 한국이 저한테 더 맞는 것 같아요."

다른 선생님들이 매켄지의 등을 두드리며 한국이 얼마나 좋은 나라인가 설파하면서, 감미로운 한국 술을 콸콸콸 따라 주었다. 특별히 탁월한 알콜 분해 효소를 가진 걸로는 보이지 않는데도 매켄지는 거부하지 않고 받아 마셨다.

유정은 매켄지의 원룸 건물 앞에 서 있었다. 와 버렸어, 와 버렸네. 스스로도 실감이 나지 않았다. 교무실에서 유정만의 유난히 희미한 존재감을 이용해 알아 낸 매켄지의 주소였다. 와서 뭐 하려고? 유정은 목표도 없이 여기까지 와 버린 자신이 한심스러웠다. 게다가 와 보니 어딘지 실망스러웠다. 상상했던 캘리포니아 풍 맨션과는 거리가 멀었던 것이다.

가난한가 보다, 매켄지 샘. 엄청.

건물 자체도 낡고 을씨년스러웠지만, 매켄지의 방은 그중에서도 가장 작고 햇빛 안 드는 북향의 1층이었다. 창 바깥이 바로 분리수거 통이라서 냄새도 좋지 않을 것 같았다. 이런 데 살면서 그렇게 하얗게 웃는 거였다니 한편으로는 놀랍기도 했다. 불가사의할 정도로 구김살 없는 웃음이었다. 유정은 자주 스스로를 누군가 버리는 걸 까먹은 채 구겨 놓은 영수증 같은 존재라고 여겼는데 한 번이라도 그렇게 구김살 없이 웃어 보고 싶었다. 방 안쪽이 더 궁금해졌다.

유정은 폐의류함을 기어오르다 미끄러졌다. 높이가 문제가 아니었다. 차가운 금속, 게다가 거칠게 일어난 표면이라 무릎이 신경 쓰였다. 후드를 벗어 깔고는 다시 올라가기 시작했다. 이번엔 성공이었다. 하지만 엉덩이에 쥐가 났다. 쉬는 시간에도 움직이지 않으니 운동 부족은 피할 수 없었다. 너무 아파서 자기도 모르게 큰 소리를 내고 말았다. 사람들이 지나가지 않아서 다행이었다. 한참 엉덩이를 두드리다가 이마를 방충망에 붙이고 안을 들여다보았다.

아무것도 없는 방이었다. 바닥에 놓인 매트리스, 간이 옷걸이와 미니 냉장고, 서랍 대신 쓰는 걸로 보이는 MDF 박스 몇 개가 거의 전부였다. 심지어 여행용 트렁크가 그대로 열려 있었다. 옷들은 거의 다 스포츠 브랜드였고 유정의 눈에도 익은 운동화 몇 켤레가 보였다. 영어로 된 책이 몇 권 있었는데 세계적인 베스트셀러들이라서 특별히 취향을 읽어 내긴 힘들었다. 이럴 리 없어, 유정은 생각했다. 도저히 이럴 리 없다. 그렇게 특별한 사람이 이렇게 평범한 방을 가지고 있을 리가 말이다. 받아들일 수 없었다.

유정이 손가락으로 방충망을 밀었다. 덜컹 흔들리며 갈색 먼지들이 떨어졌다. 하지만 그뿐, 보기보다 튼튼했다. 폐의류함 위에서 돌아앉아 다리를 덜렁덜렁 흔들었다. 들키면, 그래서 소문이 나면 벌어질 일들을 떠올려 보았다. 모든 게 아주 나빠질 것이었다. 그 미친 황유정이 매켄지 선생님 방에 창문을 뜯고 들어갔대, 하고 아이들이 떠드는 모습을 상상해 보았다. 지금까지는 말로 괴롭혔지만 정말 때릴지도 모른다. 웃으며 때릴까, 웃지 않으며 때릴까 궁금해졌다. 유정은 타고나기를 사람을 대하는 게 어색했다. 타고난 얼굴이 어째선지 비웃는 것 같은 표정이라 오해를 불러일으켰다. 비듬보다 그게 더 심각했는지도 모르겠다. 엄마 아빠가 아무리 다그쳐도 어쩔 수 없는 문제였다. 얼마만큼 지나서는 정말로 무리지어 행동하는 다른 아이들을 비웃기도 했다. 무리에서 가장 약한 동물, 무리가 사냥감이 되도록 두고 가는 동물, 결코 끝까지 무리에 속할 수 없는 동물은 항상 일정 비율로 태어나지 않을까? 그렇게 태어난 게 나라는 걸 왜 인정하지 않을까? 그냥 무리에서 멀어지도록 좀 놔둬 주면 좋을 텐데.

들키면, 이제 정말로 학교를 그만둘 수 있을지 모른다. 그렇게 생각하자 마음이 가벼워졌다. 유정이 필통에서 커터 칼을 꺼냈다. 그리고 방충망에 큰 X자를 그었다.

신발을 가지런히 바깥에 벗어 두고 바닥에 내려서며 실례하겠습니다, 하고 유정이 거기 없는 매켄지를 떠올리며 인사했다.

가게라기보다는 작은 박스라고 하는 게 더 맞았다. 그 공간을 촘촘히 채운 촉수들을 보니, 아주 가짜는 아닌 모양이었다. 혜현이 은영의 감탄하는 표정을 보고 웃었다. 거 봐요, 하는 얼굴이었다. 의자에 앉자 발목을 타고 촉수들이 올라왔다. 천장에서 내려온 것들이 귀와 목을 자꾸 건드렸다. 은영은 확 털어 내고 싶은 것을 꾹 참았다.

막상 점쟁이 아줌마는 아주 평온하고 부드러운 외모를 가지고 있었다. 진한 화장도 강렬한 액세서리도 없이 옅은 색 리넨 블라우스를 입고 있어서 길에서 보면 특수 산업 종사자인 게 티가 나지 않을 정도였다. 자기 자신의 촉수들을 지각하고 있는지도 분명치 않게 느긋해 보였다. 과연 숨은 고수다웠다.

"뭐가 궁금하셔서 오셨어요?"

"연애 운이요, 연애 운이요, 꺄!"

혜현이 신이 나서 먼저 하겠다고 했다. 은영의 눈에는 카드가 섞일 때마다 낱장과 낱장 사이가 질퍽질퍽 붙었다 떨어지는 것처럼 보였다.

"……헤어졌네?"

혜현이 끄덕끄덕했다.

"좋은 사람이었고 그만한 사람 다시 만나기도 어렵지만, 손님 운명의 짝은 40명은 만나야 나타날 거야. 그러니까 좀 별로다 싶어도 꾸준히 많은 사람을 만나야 해요."

혜현이 절레절레했다.

"40명이요? 40명을 언제 다 만나요?"

"미팅도 있고 소개팅도 있고 사람 많이 나오는 자리는 다 가 봐요. 40명도 내가 대충 굵직굵직한 것만 말한 거예요. 가볍게 스쳐 지나가는 걸로는 100명을 만나야 할지도 몰라요."

"그건 너무 많잖아요. 그냥 10년쯤 후에 짜잔 하고 마주치면 안 돼요? 운명적으로?"

학창 시절에 부지런히 연애를 하더니 벌써 질렸는지 혜현이 투덜거렸다.

"정말로 그런 운을 가진 사람도 가끔 있지만 손님은 아니에요. 사람 두려워하지 말고 많이 많이 만나요. 게을러지면 안 돼요."

은영이 보기엔 좋은 충고였다. 사람을 쉽게 믿고 사람에게 후한 녀석이라 최대한 다양하게 만나서 경험을 쌓는 게 필요

할 것 같았다. 혜현이 그럼 대체 1년에 몇 명을 만나야 하는
가 고민에 빠졌을 때 은영도 얼른 연애 운을 보겠다고 했다.
직업 운 같은 걸 봤다가는 서로 불편할 것 같았기 때문이다.
다음 달에는 웅덩이에서 뭐가 좀 잡히겠네요, 그런 점괘라도
나오면 어쩐단 말인가.

"운명의 상대를 만났네요."

"네? 그런 거 못 만났는데요."

"진짜요?"

"에에, 한문 선생님이다. 한문 선생님!"

"시끄러."

"운명의 상대를 만났는데, 강력한 라이벌이 있어요. 누군가
그 사람을 아주 강하게 원해요. 조심하셔야겠는데요?"

"으음, 아까 카드 섞으실 때 제가 딴생각을 했나 봐요. 한
번만 제가 섞어 보면 안 돼요?"

점쟁이 아줌마가 가타부타 말없이 다시 카드를 모아 줬고,
은영은 치밀하게 섞었다. 인생이 이렇게 고단한데 운명의 상대
까지 고단하면 안 돼, 안 돼, 안 돼……. 몇 분이나 섞은 다음
결연하게 카드 뭉치를 건넸다.

그런데 카드 스프레드가 그 전과 똑같이 나왔을 때는 세
사람 다 할 말을 잃었다. 한 장 한 장 놓일 때마다 함께 흠칫
흠칫할 수밖에 없었다. 같은 카드가 같은 자리에 있었다. 점

쟁이 아줌마도 꽤 놀란 것 같았다.

　은영은 조용히 복비를 내고 조그만 가게를 나섰다. 강력한 라이벌이라, 은영에게 갑자기 준비도 되지 않은 싸움이 주어진 것만 같았다.

　인표는 술을 싫어했다. 정확히 술이 싫다기보다는 만취하는 사람들이 싫었다. 선생님들 회식이란 오후 4시에 시작해서 마셔도 마셔도 시계를 보면 7시 반이기 마련, 벌써부터 짜증이 치밀어 오르는 것이었다. 조금만 마시면 기분이 좋을 텐데 꼭 그 조금을 지나쳐서 실수를 하고 하지 않아야 할 말을 하고 다음 날 껄끄러워진다. 선생님들이라고 해서 예외는 아니었다. 스트레스가 심한 직업이다 보니 더 하면 더 했지 덜 하지는 않았다. 왜 인류는 더 우아하지 못할까. 교양 있게 자제하지 못할까. 내가 이렇게 맛있는 참치를 사 주는데 왜!

　슬그머니 일어서서 결제를 먼저 하고 내뺄 참이었다. 늘 그래 왔다. 인표가 그렇게 일어서면 다들 인표를 못 본 척해 준다. 오래 남기 싫어하는 걸 아니까, 남아 봤자 신경질만 낼 걸 아니까, 물주니까, 투명인간처럼 부드럽게 나설 수 있게 배려해 주는 것이다. 그래도 예의상 조심스럽게 모습을 감추는 인표기도 했다.

　"샘, 어디 가요?"

원어민 교사가 화장실에서 돌아오다가 신발을 신는 인표를 눈치 없게도 붙잡았다.

"더 놀다 가세요. 전 먼저."

"에이, 저만 두고 가시게요? 다들 많이 취하신 것 같은데 저 혼자 어떡해요. 더 있다 가세요오오."

당신이 제일 많이 취한 것 같은데, 하고 인표는 곤란해했다.

"다 저래 봬도 집은 잘 찾아가세요. 선생님도 적당할 때 도망치시면 돼요."

"에에이."

매켄지가 홍 선생의 팔을 잡았다. 유연하게 팔을 떨치자 이번에는 꽤 급한 손으로 벨트를 잡았다. 인표도 조금 당황하고 말았다. 벨트를 잡다니? 콱 미간을 찌푸리며 쳐다보자, 원어민 선생도 놀랐는지 그제야 잡은 걸 놓았다.

"죄송합니다."

"아니에요. 주말 잘 쉬시고요."

또 사람을 잘못 뽑았나. 이젠 누굴 뽑을 때도 은영의 도움을 받아야 할지 모르겠다는 생각이 들었고, 은영이 얼마나 생색낼지 뻔해서 벌써부터 심기가 불편했다. 차라리 집에 가서 『사기 열전』을 정독하며 인물 보는 눈을 기르는 게 낫겠다. 가볍게 마시고 아름다운 원전을 읽는 일은 얼마나 운치 있는지, 그 즐거움을 다른 사람들에게도 전파할 수 있다면 좋을 텐데.

유정이 다음 시간을 위해 사물함에서 체육복을 꺼냈을 때, 체육복에서 나쁜 냄새가 났다. 싸고 독한 식초 같은 냄새가 진해서, 도저히 입을 수 없는 수준이었다. 옆에서 자기 체육 복을 꺼내던 애가 유정을 무시하는 표정을 지었다. 넌 얼마나 더러우면 체육복에서 그런 냄새가 나니? 별로 입고 움직이지 도 않으면서.

분명 지난주에 빨았는데 어째서, 우뚝 서 있는 유정의 곁 을 지나쳐 다른 아이들이 교실을 빠져나갔다. 누가 훔쳐 입었 던 걸까. 하지만 체육복을 상습적으로 훔쳐 입는 아이들도 굳 이 유정의 것을 골랐을 리는 없었다. 지금껏 체육복을 못 구 해서 기합을 받더라도 아무도 유정의 것을 빌리고자 시도하 지 않았다. 커다랗게 이름이 수놓여 있으니 착각할 가능성도 없는데…… 처음 강하게 찌르고 들어오던 냄새가 가셨나 싶 어 다시 킁킁 맡아 보니, 역시 안 될 것 같았다.

누가 뭘 뿌린 걸까. 유정은 종이 가방에 체육복을 우겨 넣 고 교복 치마에 손바닥을 닦았다. 교복을 입고 나가느니 차라 리 나가지 않는 게 나을 것이다. 누가 빠졌니, 묻고 나서도 그 게 유정이면 선생님들이 지을 난감해하면서 태연한 척하는 표정을 유정은 너무 잘 알았다.

체육복을 태워 버리고 싶다는 생각을 했다.

은영은 죽겠다, 힘들다, 피곤하다를 입에 달고 살면서도 사실은 의욕이 넘치는 보건교사였다. 인표를 설득해 응급처치 교육에 필요한 의료용 더미(dummy)를 중고로 얻어 와서 다른 선생님들의 양해를 얻어 20분씩 수업을 했다. 20분이라 해도 전교를 돌아다니는 건 쉽지 않았다. 강당에서 한꺼번에 하지 그러냐는 의견도 있었지만 가까이서 봐야 한다는 게 은영의 주장이었다. 기도 확보하는 법, 구강 대 구강 인공호흡, 흉골 압박 심마사지를 가르쳤는데 설령 태반이 까먹고 일부만이 기억한다 하더라도 그중 한 사람이 언젠가 누군가를 구하게 될지도 몰랐다. 그런 멀고 희미한 가능성을 헤아리는 일을 좋아했다. 멀미를 할 때 먼 곳을 바라보면 나아지는 것과 비슷한 셈이었다.

그러느라 바빠서 조금 늦게 알아챘다. 복도에, 수돗가에, 창고에, 계단에 똑같은 여자애가 서 있었다. 자세히 보지 않으면 지나치기 쉬운 앞머리가 긴 여자애였다. 분명 누군가를 기다리는 것 같았다. 교복을 입고 체육복을 입고 실내화를 신거나 때로는 운동화를 신고 있었다. 조금씩 달랐지만 같은 여자애였다. 인상이 희미한 편이라 은영도 처음엔 지나쳤지만 여자애가 '증식'하기 시작했기 때문에 곧 모를 수가 없게 되었다.

은영은 이 현상을 알고 있었다. 이미 한두 번 경험한 적이 있었다. 학교가 아닌 병원에 있을 때였지만 말이다.

가장 기억에 남는 건, 코마 상태의 환자에게 일어났던 경우였다. 의식이 있는 환자든 없는 환자든 똑같이 친절히 대해 주던 은영의 선배 간호사가 있었는데, 그 환자는 누워 있는 상태로 반해 버린 것이었다. 이내 진료 대기실에, 수술실에, 옥상에, 화장실에, 식당에 환자가 출현하기 시작했다. 환자복을 입으면 다 거기서 거기였고, 게다가 그 환자는 얼굴에 붕대를 감고 있었으므로 은영은 본체를 찾는 데 꽤 애를 먹어야 했다.

그리고 찾고 나서도 어떻게 해야 할지 한참 막막했다. 딱히 누군가에게 해코지를 하는 것도 아니고 그저 은영의 선배를 기다리고 기다리다가, 선배가 지나가면 물끄러미 쳐다볼 뿐이었다.

은영은 '근거 없는 짝사랑 증후군'이라고 혼자 이름을 붙였다. 작은 친절에도 쉽게 반할 정도로 좋지 않은 처지에 있는 사람들에게 자주 발생한다. 폭발적으로 증식하는 마음들이 사방을 돌아다니면 본체는 점점 약해진다. 대개 자연스럽게 발생하지는 않으며 선무당들이 휘갈겨 쓴 부적들이 문제다. 그 환자도 베개 밑에 얼른 깨어나라고 환자의 어머니가 놓아

둔 부적이 원인이었다. 아무래도 이번엔 수험생 부적 같은 게 엉뚱하게 발동한 것이 아닐까 은영은 혀를 찼다. 부적장이들, 좀 프로페셔널해지라고.

그때는 결국 일일이 환자의 분신을 부수고 다니다가 실패하고, 누워 있는 본래의 몸에 밤마다 찾아가 귀에다 "그 언니 발톱 더러워요. 살을 막 파고들 때까지 깎지도 않아요. 오프 날에는 머리도 잘 안 감고요. 화농성 여드름 있어요. 눈썹 관리 안 하면 일 자 돼요. 아마 콧수염도 있는데 녹여 버리는 걸 거예요. 입 냄새도 나요……." 하면서 한 달을 종알거려야 했다. 선배 얼굴을 똑바로 쳐다보기 어려웠고 다른 의미로 힘겨운 날들이었다.

휴, 이번에는 또 어떻게 처리해야 하나. 한문 선생 말이 맞다. 멋있을 것 같지만 전혀 멋있지 않은 작업들만 계속되고 있었다.

그래도 이번엔 명찰은 달려 있어 다행이었다. 은영은 뿌연 여자애의 가슴에서 이름을 읽어 냈다.

"씨름 가르쳐 주세요."

"시를 가르쳐 달라고요?"

웃으며 말을 걸던 원어민 교사가 화들짝 놀랐다. 인표도 정말 잘못 들어서 되물은 건 아니었다. 그나마 말이 되는 방향으로 재구성했을 뿐이었다. 한시라면 인표가 기본 정도는 가르쳐 줄 수 있었다. 정말 들은 대로라면 대체 웬 씨름이란 말인가.

"아뇨, 씨름, 한국 레슬링요."

"씨름이 배우고 싶어요?"

"체육대회에 나가고 싶어요."

"그걸 왜 저한테? 체육 선생님들한테 부탁하시지요."

"제일 친절히 가르쳐 주실 거 같아서요."

매켄지가 인표가 가장 좋아하는 단어 중 하나를 정확히 발음했다. 친절. 인표의 마음이 살짝 흔들렸다. 교양, 매너, 우아 등과 함께 인표에게 효과가 있는 말이었다.

"체육 선생님들은 저 획획 던져요. 무서워요."

매켄지가 과장하며 말했지만, 인표가 보기에 매켄지는 던져져 날아가면서도 좋아하며 웃을 것 같은 인물이었다. 인표는 여전히 내키지가 않았다.

"아니면 전통 샅바 잡는 방법만?"

전통, 그게 결정타였다. 평소 매켄지가 구사하는 단어들은 그다지 인표 취향이 아니었는데 이날따라 표적 가까이 꽂혔다.

"알았어요. 이따 저녁에 봅시다."

황유정은 누굴 기다리는 걸까. 은영은 복도마다, 교실마다,

층층마다 돌아다니며 유정을 살폈지만 누가 지나가도 아무 반응이 없었다. 끊임없이 증식하는 멍한 자아들은 그래도 짝사랑 대상이 지나가면 고개를 돌린다든지 살짝 진동한다든지 쫓아간다든지 어떤 반응을 보여 주기 마련인데 미동도 없었다. 은영은 연달아 결석 중인 진짜 유정이 슬슬 걱정되기 시작했다. 어떤 아이기에 분신조차 이렇게 생기가 없는 걸까. 벌써 심하게 앓아누운 거라면.

가끔은 참지 못하고 말을 걸었다. 푹 숙이고 있는 유정의 보이지 않는 눈을 보기 위해 고개를 들이밀면서 묻고 말았다.

"누구 기다려? 응? 누구 기다리는 거야?"

그러면 유정의 젤리는 희미해지며 녹아내렸다. 은영과 눈도 맞추지 않았다.

은영이 그토록 집요한 성격이 아니었다면 끝내 발견하지 못했을 거다. 일주일 만에 은영은 이상한 장면을 목격했다. 기다리는 유정은 여전히 아무 반응이 없었지만, 한 인물이 유정 앞을 지날 때 갑자기 걸음을 빨리했다.

매켄지. 수상할 정도로 아무것도 읽히지 않는 원어민 교사, 금방 분명히 유정을 보고 피했다.

"너 뭐야? 쟤 보이지?"

은영은 단도직입적으로 물었다. 뱃속에서 끓어오르는 확신에 자기도 모르게 반말이 나갔다. 하지만 그러면서도 매켄지가 모른 척하거나 얼버무릴 거라고 예상하고 있었는데, 막상 매켄지가 만면에 이기죽거리는 웃음을 띠자 뒤늦게 더 열이 올랐다.

"나? 너보다 훨씬 고급 능력자. 그렇게 첨벙첨벙 다 잡아 없애고 돌아다니면 뭐 해요? 돈 되는 일을 해야지."

문득 아주 오랫동안 움직이지 않았던 마음의 한 부분이 잠시 경련을 일으키듯 움직였다. 은영도 언젠가 그런 생각을 한 적이 있었다. 이렇게 위험하고 고된데 금전적 보상이 없다는 건 말도 안 된다고 말이다. 하지만 은영의 능력에 보상을 해 줄 만한 사람들은 대개 탐욕스러운 사람들이었다. 좋지 않은 일에만 은영을 쓰려고 했다. 아주 나쁜 종류의 청부업자가, 도무지 되고 싶지 않았다. 은영은 다른 종류의 보상이 있을지도 모른다고 생각했다가, 어느새부터인가는 보상을 바라는 마음도 버렸다. 세상이 공평하지 않다고 해서 자신의 친절함을 버리고 싶진 않았기 때문이다. 은영의 일은 은영이 세상에게 보이는 친절에 가까웠다. 친절이 지나치게 저평가된 덕목이라고 여긴다는 점에서 은영과 인표는 통하는 구석이 있었다.

만약 능력을 가진 사람이 친절해지기를 거부한다면, 그것 역시 어쩔 수 없는 일이었다. 가치관의 차이니까.

"무식하게 없애지 말고 캡처를 해서 팔아요. 그렇게 후지게 살지 않아도 돼."

"어떻게?"

은영은 참을 수 없을 만큼 궁금했지만 매켄지는 빙글빙글 웃으며 대답을 늦췄다.

"바깥은 죽어 있고 안은 살아 있는 걸로는 다 할 수 있어."

"어떤 거?"

"사업상 비밀을 전부 가르쳐 줄 수는 없지요."

"그럼 잡아서는? 그걸 어디다 써?"

"보통은 오펜스와 디펜스지. 은근 수요 많아. 비싸."

블랙마켓에 대해서는 은영도 얼핏 알고 있었다. 특성상 블랙마켓 중의 블랙마켓일 수밖에 없을 텐데, 몇 년 전에 은영에게도 접근 시도가 있었던 것이다. 병원에 있을 때였는데 퇴근길에 서성이며 말을 걸거나, 우편으로 수상한 모임에 초대하거나, 받기 전부터 기분 나쁜 전화를 몇 번이고 해 왔었다. 하지만 은영의 방침은 애초에 '도를 믿으십니까?' 묻는 사람들을 물리치듯 단칼에 거절하는 것이었으므로 희미하게 존재만 알 뿐 정보가 없어도 너무 없었다. 뭘 잡아서 어디다 쓰는지 통 모를 일이었다.

"어쨌든 이 학교에서는 안 돼. 꺼져."

"안 그래도 뜨려던 참이야. 대단한 게 고여 있을 줄 알았더니 텅 비었어. 조그래미밖에 없어."

조그래미? 은영은 피식 웃었다. 조무래기도 제대로 말 못하는 조무래기가 숨어들었는데 활보하게 내버려 두었던 것이다.

"다시 보면 쏠 거야."

은영이 슬쩍 허리 쪽으로 손을 두며 말했다. 그러자 매켄지가 지금껏 숨겨 왔던 에로에로 에너지를 한 번에 콱 뿜었다. 너무 가까이 서 있었기 때문에 보이지 않는 기분 나쁜 손들이 한꺼번에 마구 더듬는 것 같은 느낌이었지만, 은영은 표정 하나 바꾸지 않았다.

"소셜 서비스 열심히 하세요. 안녕."

"황유정은 어쩔 거야?"

"걘 몰라. 조금 잘해 줬더니 내 물건을 훔쳤어. 내 문제 아니야. 당신 문제야."

누군가 불렀다고 생각했다. 귀찮아. 눈 뜨기 싫어. 하지만 부르는 사람이 보통 고집스러운 게 아니었다. 대답을 하려 했지만 혀가 너무 말라 있었다. 갈증 때문에 결국 눈을 떴다. 유정은 손으로 얼굴을 더듬으려다 멈추었다. 가려움을 덜기 위해 차가운 생리 식염수에 적셔 손에 감아 두었던 거즈가 바짝 말라 있었다. 방이 건조해서 금방 말라 버렸다. 이 발진은 아주 오래 흉터를 남길 거라는 생각이 들었다. 유정은 흉터에 대해서만은 전문가였다.

그 방에서 훔쳐 온 씨앗을 만진 저녁, 울긋불긋 올라왔다. 뭔가 잘못되었다는 걸 알았지만 유정은 습관적으로 손을 숨겼다. 진물이 나기 시작해서야 엄마에게 들켰다. 들킬 걸 알면서도 숨기고 싶었다. 그런 면에서 뭔가 회로가 잘못 설정되어 있는 것이겠지만 특별히 고치고 싶지도 않았다. 손을 가득 덮은 발진은 급속도로 팔을 타고 올라왔고 병원에 가자 의사는 심각한 얼굴로 독한 연고와 약들을 주었다.

옻이 올랐다고 의사가 말했을 때, 엄마의 얼굴에 스쳐 갔던 표정을 잊지 못한다. 옻이요, 되묻던 엄마는 살짝 찌푸렸을 뿐이었지만 자기도 모르게 분명히 말하고 있었다. 어째서 저런 옻 같은 자식을 두게 되었을까? 번거롭고 짜증스럽고 지긋지긋한, 만지기 싫은 존재.

막상 학교에 나가지 않게 되자, 유정은 새로운 사실을 깨달았다. 학교에 가기 싫었지만 그렇다고 집에 있고 싶은 것도 아니었다는 걸 말이다. 무엇보다 보고 싶었다. 먼 곳에서 온 영어 선생님이 말이다. 어쩌면 미국이 아니라 더 먼 곳에서 왔는지도 모른다. 이를테면 나무들의 나라 같은 곳. 매켄지는 트렁크 안쪽에 가득, 작은 씨앗 상자들을 가지고 있었다. 마치 떠나야 하는 순간이 오면 그 씨앗들만 가지고 바로 출발할 수 있게 준비해 둔 것 같았다. 훔쳐 온 씨앗을 조그만 화분에 심었지만 좀처럼 싹이 날 기미가 없었다. 죽은 씨앗을 훔쳐 왔는지도 모른다. 그래도 씨앗인데 전혀 씨앗답지 않은 점이 마음에 들어서 보물처럼 창가에 놔두었다. 보물을 얻기 위해 진물이 난 거라면 괜찮다 싶었다.

매켄지 선생님은, 지금은 하얀 이빨을 하고 웃지만 어째선지 어릴 땐 나만큼 힘들었을 거 같아. 유정은 생각했다. 흉터에 대해서만큼은 전문가니까 알 수 있었다.

걸어오는 매켄지를, 먼저 철봉 아래 모래판에 와 있던 인표가 지켜보았다. 약속에 늦은 주제에 한가로이 화단의 풀들을 툭툭 잡아 뜯으며 오고 있었다. 성격이 느긋한 사람들은 가끔 인표의 신경을 건드리곤 했다. 창고에서 샅바도 미리 꺼내 왔구먼, 부탁하는 사람 태도가 저게 뭔가.

인표가 뾰족한 시선을 보내자 매켄지가 뛰기 시작했다.

"이제 뛰네, 이제 뛰어."

그러나 아주 가까이 와서도 멈추지 않았다. 그 표정을 보고서야 인표가 방어 자세를 취했지만 늦었다. 매켄지는 인표의 망가진 다리 쪽을 걸어 넘어뜨리고 인표 위에 걸터앉았다.

"씨름 이렇게 하는 거 아니에요, 대체 누구한테 잘못 배운 거예요?"

인표가 몸을 일으키려 했지만 매켄지는 인표를 완전히 제

압한 채 몸을 풀지 않았다. 운동장에 남아 있던 한 줌 아이들이 이상한 기미를 알아채고 점점 더 두 사람 쪽을 쳐다보기 시작했다.

"이종 격투기가 아니지. 아, 이거 좀 놔요."

매켄지는 들은 척도 하지 않더니 급기야 한 손으로 인표의 바지 버클을 풀었다. 그제야 인표의 머릿속이 하얘졌다. 뭐지? 이 상황은? 왜 내 바지를? 운동장 한가운데서?

그때 저 운동장 끝에서 미친 듯이 달려오는 보건 선생이 보였다. 또 스타킹 발로 운동장을 뛰다니 발바닥이 피투성이가 될 텐데, 그게 그렇게 반가울 수가 없었다. 은영 씨, 나 어떻게 좀, 미친놈이 붙었어, 은영 씨, 당황하다 보니 말이 제대로 나오지 않았다.

은영은 급하게 멈춰 서서 제대로 조준도 하지 못하고 매켄지를 쐈다. 사람을 쏴 본 적은 없었다. 산 사람을 쐈을 때 어떻게 되는지는 몰랐다. 딱밤과는 위력이 다를 건 분명했지만 말이다. 그래도 인표의 보호막을 떼어 가도록 가만둘 수는 없었다. 순순히 떠나는 척했을 때 믿어서는 안 됐는데 말이다. 어쩐지 한 번 더 내다보고 싶더라니……. 아마도 인표의 할아버지로부터 기인했을 강력한 사랑과 보호의 기운은 독특하고 귀한 것이었다. 그것은 은영이 빌려 쓰는 것이었고 사실은 인표도 빌려 쓰는 것이었고 근본적으로는 이 학교의 것이었다.

은영은 너무 화가 나서 야차 같은 표정을 지었다. 은영이 딸 깍거리며 비비탄 총을 쏘기 시작했을 때, 인표는 은영이 자신을 맞히지만은 않길 바라며 얼른 손바닥으로 눈을 가렸다. 인표가 늘 지적했듯이 은영의 사격 솜씨는 본인이 생각하는 만큼 뛰어나지 않아서 총알은 두 사람을 다 비껴갔고, 그중 한 발만이 인표를 깔고 앉은 매켄지의 목덜미를 맞혔다. 매켄지가 비명을 지르는 동안 인표는 그대로 얼굴을 가린 채 몸을 비틀어 얼른 빠져나왔다. 모래를 조금 먹고 말았다.

목덜미를 쥔 자세 그대로 매켄지는 굳어 있었다. 은영에게도 인표에게도 얼굴이 보이지 않는 각도였다. 인표는 충격파 때문에 귀가 먹먹해서 눈을 가릴 게 아니라 귀를 막았어야 했나 후회하며 몸을 일으켰고, 은영은 뒤늦게 스타킹이 다 뚫린 발바닥이 아파서 꼼지락거리며 걸어왔다. 뭔가 투명한 액체가 매켄지의 턱을 따라 모래로 떨어지고 있었다.

"침? 으아, 맥 선생 침 흘리는데요?"

은영이 가서 들여다보니 마비가 온 모양이었다. 입이 돌아가 있었다. 그 와중에도 은영을 사납게 쳐다봤다. 은영이 툭 밀자 매켄지가 넘어갔다. 몸도 비틀렸는지 심하게 떨었다. 사람을 쏘면 이렇게 되는구나, 영 알고 싶지 않았는데 말이다.

"119 불러 줄게."

의료인으로서의 연민을 담아 말했지만 적의가 가득 담긴

눈은 반응이 없었다. 인표가 얼른 바지를 추슬렀다.

"아니, 왜 내 바지를 벗기려 했을까요?"

"보호 기운을 뜯어 가려 했어요."

은영이 억지로 매켄지의 손바닥을 펴 보니 씨앗이 몇 개 들어 있었다. 오호, 안이 살아 있다는 게 이거였군. 어울리지도 않는 원예부를 하더니.

"내 보호막이 어디 붙어 있는데요? 설마 정말 그런 데에?"

"……단전이요, 단전. 거기 단추 같은 게 있다고 생각하면 돼요."

"아."

은영은 발밑에 널려 있는 샅바들을 보았다. 씨름을 하려고 했나? 저 위험한 놈이랑 그 빈약한 몸으로? 홍 선생은 가끔 믿을 수 없이 시야가 좁다. 그래서 커버할 일이 더 생긴다. 내 팔자야, 은영은 쭈그리고 앉아 앰뷸런스를 기다렸다. 티슈로 매켄지의 침을 닦아 주었다. 몇 가지 더 편하게 해 주려고 시도했지만 매켄지가 힘겹게 숨을 삼키면서도 거부했으므로 포기했다.

아이들 몇이 이 광경을 지켜보았고, 이 사건은 'M고 3대 막장 사건' 중 하나로 몇 년간 떠돌았지만 더 자극적인 사건들이 뒤를 이었으므로 곧 잊혔다. 원어민 교사는 계약 기간이 끝나기 전에 사라졌고, 원어민 교사를 짝사랑하던 여학생은 다니는 듯 다니지 않는 듯 학교를 나왔다. 은영은 신체검사 날, 여학생들의 가슴 둘레를 재면서 진짜 유정을 딱 한 번 가까이서 보았다. 해 줄 수 있는 게 아무것도 없었지만, 인표에 게서 얻은 그날 치 좋은 기운을 고스란히 전했다. 어떤 나이 에는 정말로 사랑과 보호가 필요한데 모두가 그걸 얻지는 못 한다.

은영과 인표는 몇 번 학교 전화로 매켄지에게 전화를 걸어 보았는데, 번호가 정지되지도 해지되지도 않고 로밍 안내도 없이 살아 있었다. 국내에 있다는 얘기였다. 무사히 퇴원해서 멀지 않은 어딘가에 말이다. 한 번도 받지 않더니, 어느 날 은 영의 휴대폰으로 메시지가 왔다.

─내 복수는 아주 맛있을 거야.

뭐야, 이 번역이 덜 된 것 같은 말은. 은영은 잠시 찡그렸을 뿐 답장하지 않았다.

오리 선생 한아름

아기 오리가 학교 연못에 나타났을 때, 생물 교사 한아름은 1층 교무실로부터 전화를 받았다.

"선생님, 오리 사셨어요?"

처음에 한아름은 무슨 얘긴지 알아듣지 못했다. 아침부터 대뜸 오리를 샀느냐니, 자기가 모르는 새 훈제 오리 공동 구매라도 진행되고 있었나 했던 것이다.

"무슨 오리요?"

"주차장 옆 물레방아 연못에 오리가 있는데요. 선생님이 산 게 빠져나왔나 하고요."

"……오리 안 샀어요."

한아름은 2년 차로, 첫해에 의욕이 너무 넘쳐 1학년 아이들이 해부할 붕어를 몇 탱크나 샀다가 붕어가 한꺼번에 다 죽어서 학교 전체를 무시무시한 악취에 물들인 적이 있었다.(이때 보건교사 안은영은 홍수에 무덤이 떠내려 와 귀신이 나타났다고 잘못 판단하여 온 학교를 뒤지고 다니기도 했다.) 아이들은 이미 부패하기 시작한 붕어의 부레를 꺼내다가 영영 생물학도의 꿈을 접었으며, 몇 개의 탱크를 청소하고 난 다음에는 한아름도 후회막심이었다. 덕분에 은근하거나 별로 은근하지 않은 질타를 한참이나 받았고 이후 악취 혹은 살아 있는 생물이 관련된 사건만 터지면 한아름에게 맨 먼저 전화가 왔다.

이어서 2층 교무실에서도 전화가 왔다.

"어쨌든 주차장이 선생님 청소 구역이잖아요. 한번 가서 봐 주세요."

냉정하게 전화가 끊겼다. 주차장이야 담당 구역이지만 인공 연못은 어떻게 봐도 아름의 책임이 아니었다. 오리라니, 무리에서 떨어져 나온 철새 같은 건가. 한아름은 천천히 계단을 내려갔다. 얼른 햇수를 채우고 다른 학교에 가고 싶었다. 다른 직업이 가능하다면 그것도 괜찮았다. 적응을 하지 못한 건 아무래도 붕어들의 저주일 거라고 암담하게 자조했다.

한아름은 붕어 사건 전에도 인기 있는 선생님은 아니었다. 웬만해서는 인기가 있는 교생 때에도 그랬다. 아름의 반 아이들마저 교생실에 찾아와선 다른 선생님과 사진을 찍게 해 달라고 부탁할 뿐이었다. 단순히 외모의 문제는 아니었다. 외모와 다른 것들을 포함하는 매력의 문제였다. 아무도 교사가 매력을 활용하는 직업이라고 얘기해 주지 않았으므로 너무 뒤늦게 깨달았다. 애초에 매력 있는 학생이 자라 매력 있는 선생님이 된다는 걸 왜 몰랐을까. 학생 때도 학교가 좋았던 적이 한 번도 없으면서 교사가 된 스스로가 한심했다. 시험을 준비할 때에는 분명히 간절하게 교사가 되고 싶었는데 막상 되고 나니 2년 만에 그 간절함의 이유를 까먹고 말았다. 3년 전으로 돌아가 세 살 어린 자신의 멱살을 잡고 왜냐고 묻고 싶은 기분이었다.

무릎 밑으로 한참 떨어지는 코르덴 에이라인 스커트는 갈색 아니면 회색이었고, 그 위엔 아이보리나 연녹색의 카디건을 주로 입었다. 어떻게 수습해야 할지 모를 숱 많은 머리를 별로 정교하지 않게 땋았고, 피치 계열의 연한 립스틱을 바르고, 옅은 꽃 냄새가 나는 향수를 뿌렸다.(붕어 냄새에 대한 기억을 희석시키고 싶었다.)

"생물 샘 20대 아냐?"

"옷 봐. 아닐 거야."

여학생들이 뒤에서 말했을 때, 한아름은 '얘들아, 조금만 작게 얘기하렴.' 하며 자포자기하고 말았다.

연못은 풍수에 좋다고 작년에 갑자기 만든 것이었다. 풍수라니, 과학 전공자로서는 좀 뜬금없는 소리였지만 그럭저럭 보기 좋은 코너가 완성되었다. 선생님들도 학생들도 좋아해서 쉬는 시간이면 그 근처가 북적였다. 아름이 도착하니 아이들 수십 명이 연못을 둘러싸고 오리 사진을 찍고 있었다. 그야말로 부숭부숭한 새끼 집오리였다. 오리는 겁도 먹지 않고 좁은 연못에서 활개를 치고 다녔다.

"만지지 마, 손 타면 안 좋아."

손을 내미는 남자애를 다른 여자애가 단호하게 막았다. 아이들은 이미 오리와 사랑에 빠져 있었다. 일단 그물망을 가져와서 잡아야 하나, 한아름은 고민했다. 애들 보는 앞에서 저 오리를 잡으면 지금까지는 그저 심심하기만 하던 수업 분위기가 험악해지기까지 할 것 같았다.

"종 친다. 들어가라."

막 출근한 한문 선생 홍인표가 차에서 내리더니, 학생들 사이를 비집고 들어가 무리를 흩었다. 건성으로 하는 데도 애들이 참 말을 잘 듣는구나, 한아름은 잠시 부러웠다. 발걸음을 떼지 못하면서도 아이들은 교실로 향했다.

"선생님, 이 오리 어쩌시게요?"

"안 먹는다. 들어가라."

"선생님, 우리가 키우면 안 돼요?"

"일단 어디서 온 오리인지 알아보고."

홍인표는 1교시가 없는지 아이들이 올라가고도 한아름과 함께 연못가에 남았다.

"한 선생님은 왜요?"

"아, 제가 주차장 담당이라서요."

한아름이 얼른 대답했으나 인표는 '그래서요?' 하는 표정을 지을 뿐이었다. 불편한 사람이다. 아마 불편해서 학생들이 말을 잘 듣는지도 모른다. 불편한 매력이라니 그건 어떻게 얻을 수 있는 것일까. 한아름이 고민하는 사이 인표가 어딘가에 전화를 걸었다.

"여기 좀 와 보세요. 연못에."

곧 동쪽 현관에서 굽 높은 슬리퍼를 신은 보건교사가 여유로운 걸음으로 왔다. 두 사람이 사귄다는 소문이 진짜였나 보다. 한아름은 이 가십을 물어 가면 연구부 선생님들이 좀 예뻐해 주실까 유혹을 느꼈다.

"이거 뭐예요?"

인표가 은영에게 물었다.

"오리죠."

은영이 오리를 내려다보며 대답했다.

"오린데……."

은영이 더 말하려다가 한아름을 슬쩍 쳐다보았다. 자리를 피해 줘야 하나? 오린데 무슨 오리라고? 보건 선생님이 오리를 잘 아나?

"위험해요?"

한문 선생이 다시 물었다.

"어느 쪽이요? 오리가요, 아님 사람들이?"

"어느 쪽이든."

"글쎄요. 괜찮을 거 같은데."

"그럼 들어갑시다. 한 선생님, 귀찮으시겠지만 오리 밥 좀 챙겨 주세요. 저희보다는 잘 아실 것 같아서."

인표와 은영은 한아름을 남겨 두고 훌쩍 들어가 버렸다. 한아름은 오리와 함께 남겨졌다. 오리가 연못 가장자리로 올라오려고 버둥거렸다. 몇 번 시도하더니 가장 낮은 돌을 발견해서는 총총 올라왔다. 보기보다 머리가 좋은 게 틀림없었다. 한아름은 하릴없이 어디서 오리 밥을 구해야 하나 검색하기 시작했다.

점심시간이 되기 전에 오리 결사대가 생겼다. 연못과 가장 가까운 1층 교실 아이들이었다. 한아름이 오리 밥을 주려 하자, 저들이 하겠다고 손을 내밀어 와서 한아름은 적당한 양을 알려 주고 모이 봉투를 넘겼다. 주차장 담당이지만 차가 없는 한아름은 공강 시간에 버스를 타고 인터넷에서 급히 검색한 사료 가게에 다녀온 참이었다. 오리 사료를 달라고 했더니 오리 고기가 들어간 애완견용 사료를 주는 바람에 오리용 사료라고 다급히 정정해야 했다. 게다가 작은 포대가 없어서 그 큰 포대를 질질 끌다시피 학교까지 들고 왔다.

"학교에 어떻게 들어왔을까요?"

"수로를 통해 왔나."

"집 같은 걸 지어 줘야 하지 않을까요?"

"원래 왔던 곳으로 돌려보내야지. 너무 새끼잖아."

그러나 오리는 대담하게도 연못을 벗어나 점점 활동 영역을 넓혀 갔다. 연못을 벗어나 주차장 옆 화단을 산책하며 이 꽃 저 꽃을 따 먹기도 하고 수업 중인 창가 아래로 꽥꽥거리며 지나가기도 했다. 아이들은 그럴 때마다 자지러졌다. 행여 차에 치일까 경호 군단처럼 오리를 둘러싸고 함께 걸어 다녔고, 근처에선 공놀이도 하지 않았다. 오리는 매일 안전하게 연못으로 돌아왔다.

한아름은 얼떨결에 오리가 어디에서 왔는지 조사하는 일도 맡게 되었다. 추리는 그렇게 어렵지 않았다. 학교랑 같은 야산을 끼고 오리 농장이 있었다.

"그 작은 게 산을 넘었단 말야?"

다른 선생님들이 듣고는 모두 놀라워했다. 목청을 다해 꽥꽥거리며 의사표현을 확실히 하는 게 보통 오리는 아닌 것 같왔지만, 그 좁은 보폭에는 분명 길고 험한 길이었을 것이다.

한아름은 조심스럽게 오리 농장에 전화를 걸었다. 오리 농장 주인에게 이러저러해서 오리 한 마리가 학교에 와 있고 돌려드리고 싶다 하자, 그러라고 데면데면하게 말했다.

아이들은 울며불며 오리를 보내 주었다. 고 며칠 사이에 정이 들어서는 엉엉 울어 댔다.

"하지만 지금 돌려보내면 언젠가는 먹을 거 아니에요?"

"아마 그렇게 되겠지만 지금처럼 너희가 오리에만 관심을 집중하고 시간을 보낼 수는 없어. 선생님들도 마찬가지고. 그러다가 어디 차바퀴에라도 깔리면 어떻게 하려고?"

"오리장 같은 걸 지어서 영역을 만들어 주면 되잖아요."

"일단 주인이 있는 오리잖아. 우리 게 아니니까 돌려 줘야지."

한아름은 친구에게 빌린 개 이동장에 오리를 집어넣느라 한참을 고생해야 했다. 아이들은 도무지 도와주려 하지 않았고, 다른 선생님 두 분이 몰이꾼으로 나선 다음에야 오리가 잡혔다.

그 난리 법석과 노력이 무색하게도 오리는 일주일 만에 다시 연못으로 돌아왔다. 한아름은 자기 눈을 믿을 수 없었다.

"같은 오리인가?"

얼떨떨하게 중얼거렸더니 주변의 아이들이 화를 냈다.

"같은 오리잖아요. 선생님은 왜 우리 오리를 못 알아봐요?"

아이들은 통제 불능의 환호에 빠졌다. 그 환호의 의미를 아는지 모르는지 한 번 더 산자락을 넘어온 오리는 예전보다 늠름해 보였다.

"안 되겠네. 아주 마스코트네. 마스코트. 한 선생, 번거롭겠지만 오리 농장에 연락해서 오리를 팔라고 하세요. 애들이 너무 좋아한다고."

교감 선생님의 오케이 신호가 떨어졌다. 그래서 한아름은 버스를 두 번 갈아타고 산을 빙 돌아 다시 오리 농장에 갔다. 2년 내내 학교 주변에 영 익숙해지지 못하고 있었는데 오리 덕분에 완전히 파악하게 되었다. 한 마리 새끼 오리의 영향력에 대해 곰곰 떠올리며 아름은 농장 입구를 향해 걸었다. 높은 신발을 못 신는 아름의 생고무창 로퍼에 흙이 묻었다.

지난번처럼 오리 농장 주인은 덤덤한 얼굴이었다. 구구절절한 사연을 끝까지 듣더니 가격을 불렀다.

"2600원 주세요."

…… 그렇구나. 식육용 오리는 그렇게 비싼 동물이 아니구나. 몇 만 원이나 해도 지불할 용의가 있었는데. 하긴, 학교에 와 보지 못한 사람이 그 오리의 인기를 짐작하기란 쉬운 일이

아닐 터였다.

아름은 점점 오리 관련 업무에 익숙해져 갔다. 오리도 왕성한 속도로 성장했다. 당당하고, 내민 가슴이 멋지고, 갈퀴가 튼튼한 오리가 되어 갔다. 아이들은 질리지도 않고 오리를 좋아했다.

"오리는 혀에 뼈가 있어. 신기하지?"

오리에 대해 새로운 걸 알려 주면 눈을 열고 스펀지처럼 빨아들이는 게 보였다. 보람 있는 순간이었다. 한아름은 오리 덕분에 생물 관련 학과에 지원자가 늘지 않을까 내심 기대했다. 진로 상담을 해 올지도 몰라. 성의껏 이야기해 줘야지. 하지만 오리든 토끼든 냄비에 푹 삶아 내서 뼈만 발라 그 뼈를 다시 조립하며 공부한다고 말해 줘야 할 것이다.

멀리서 교무부장 선생님이 손짓을 했다. 아름도 선생님인데 늘 저렇게 학생을 부르듯이 까닥까닥 손짓을 해 왔다. 그래도 아름은 웃으면서 그쪽으로 갔다. 불편한 사람이 되겠다는 각오는 잘 지켜지지 않았다.

"한 선생님, 얘 암컷입니까, 수컷입니까?"

"네?"

"짝짓기를 해 줘야 하지 않을까요, 기왕 키우기 시작한 거."

그래서 한아름은 오리를 유심히 살폈다. 울음소리와 꼬리

깃으로 암수를 판별할 수 있다지만 비교 대상이 없으니 확신이 서지 않았다. 결국 오리가 뭍에 올라와 방심했을 때 뒤집어서 엉덩이 근처를 눌러 보았다. 아무것도 튀어나오지 않는 걸 보니 암컷이었다.

일부다처제 동물이라 수컷 한 마리에 암컷 여러 마리를 짝짓기시킨다지만 굳이 그럴 필요는 없어 보여서 농장에 가서 수컷 한 마리를 사 왔다. 농장 주인 아저씨는 한아름보다 훨씬 능숙하게 오리를 뒤집어 눌렀다. 튼실한 수컷으로 주겠다며 여러 마리를 뒤집어 보는 걸 보니 의외로 다정한 사람인 것도 같았다.

하지만 수컷 오리는 영 적응을 하지 못했다. 원래 있던 오리와는 달리 연못 근처에만 조용히 오락가락했고 번식기에도 기가 죽은 모습이었다. 오리들은 서로 관심이 없어 보였다.

"왜 사이가 안 좋지?"

한아름은 약간 속상했다. 새끼 오리들이 많이 태어나면 귀찮아지기야 하겠지만 그래도 귀여울 것 같았기 때문이다.

"샘 같으면 아무하고나 한 방에 집어넣는다고 눈이 맞겠어요?"

언제 왔는지 보건 선생님이 한마디 했다.

"그래도 제일 잘생긴 수컷으로 골라 온 건데요?"

"기가 약해. 약해서 안 되겠는데요."

오리에 무슨 기가 있다고 그러나, 한아름은 웃고 말았다. 곧 두 녀석을 위해 제대로 된 집이 지어졌다. 사람으로 치면 펜트하우스일 것 같았다.

오리에 올라탄 것은 수컷 오리가 아니라 동네 고양이였다. 난리도 그런 난리가 없었다. 강당 옆 풀숲을 활보하고 다니던 오리를, 역시 활보하고 다니던 고양이가 덮친 것이었다. 순식간에 벌어진 일이었다. 고양이로서도 본능이었을 텐데 덕분에 아이들 몇이 트라우마에 빠지고 말았다.

애들이 울면서 한아름에게 달려왔고, 한아름은 오리를 안고 다시 보건실로 달려갔다.

"나더러 오리를 뭐 어쩌라고?"

보건교사 안은영도 황당하기는 마찬가지였으나 성공적으로 지혈을 했고, 한문 교사가 F1 선수처럼 운전을 해서 병원까지 갔다. 처음 한두 군데에서는 오리를 취급하지 않는다고 거절했으나 세 번째에 이르러서는 안은영이 수의사를 잘 설득해서 치료를 받을 수 있었다.

"봉황 기운 오리라 괜찮을 줄 알았더니, 호랑이 기운 고양이를 잊고 있었네······."

수술이 끝나길 기다리면서 은영이 혼잣말을 했다. 한아름은 그 말을 이해할 수 있을 것도, 없을 것도 같았다. 다행히 생각보다 오리의 상처가 깊지 않아 3일간의 입원을 마치고 나서 학교로 돌아올 수 있었다. 오리와 고양이는 서로의 영역을 존중하는 법을 배워야 했다. 다행히 더 이상의 분쟁은 없었다.

오리에 애착이 강했던 학생들은 졸업을 하면서 한아름에게 국내에 존재하는 모든 종류의 오리 인형을 선물하고 갔다. 중복도 좀 있었다. 한아름은 책상에 가득 쌓인 오리 인형들을 보며 이럴 것까지는 없었는데 싶었지만 그중 가장 작은 것을 교무 수첩 스프링에 달았다. 체념하고 오리 선생님이 되기로 했다.

한아름도 M고에서 장기근속 했지만, 그보다 오리가 더 오래 머물렀다. 오리의 수명은 30년에 가깝다. 중간에 크게 다치지 않았더라면 더 살았을지도 모르지만, 어쨌든 34년을 학교의 마스코트로 살았다. 수컷과는 금슬이 별로 좋지 않았음에도 새끼를 낳긴 낳았고 그 새끼가 또 새끼를 낳아서 대를 이었다. 털이 빠진 늙은 오리가 되어서도 오리에겐 이상한 매력이 있었다. 언젠가부터 아이들은 오리를 오리 장군이라고 불렀다.

어느 동아리가 오리를 동아리 배지로 쓰느냐를 두고, 문집 편집부와 연극부와 천체관측부가 길고 긴 논쟁을 벌였지만 결국 디자인만 달리하는 걸로 합의를 보았다. 후발 동아리들도 오리 마크를 쓰고 싶어했기 때문에 학교에는 현재 다섯 종의 오리 배지가 있다.

레이디버그 레이디

"아, 김레디? 그런 이름이지?"

찾아온 그 아이에게는 명찰이 없었다. 하지만 은영은 그 아이를 알고 있었다.

"아뇨. 래디요. 래 자가 어 이가 아니라 아 이."

"래디구나."

"래디컬 원의 준말이에요."

그렇게 말하면서 래디는 목뒤 옷깃을 젖혀 Radical one이라는 레터링 문신을 확실히 보여 주었다. 은영은 학교 축제에서 래디가 공연하는 걸 본 적이 있었다. 이름대로 꽤 급진적인 공연이라 놀랐던 기억이 난다. 졸업생 포함 학교의 유일한 연예인인지라 학교에 자주 나오지 않아도 여러 가지 특혜를

받고 있는 학생이었다. 예를 들면 여학생이지만 계절에 상관
없이 항상 바지 교복을 입는다거나.

"그렇구나. 어디가 아파서 왔어?"

"아프진 않고……."

이번엔 래디가 은영을 대놓고 평가하는 눈으로 쳐다봤다.
은영은 래디가 왜 보건실에 왔는지 살짝 촉이 왔다.

"엄마가 귀신을 봐요."

아, 대답하기 싫다. 아무 반응도 해 주기 싫다.

"선생님도 본다면서요."

"누가 그래?"

"이 사람 저 사람이……. 그래서 말인데 저희 집에 한 번
와 주시면 안 돼요?"

"잠깐만. 엄마가 있어, 너?"

은영은 자기도 모르게 물어보고 나서 실수했다고 생각했
다. 막상 래디는 아무렇지도 않다는 듯 대답했다.

"있어요."

은영을 포함해 전 국민이 래디의 아버지에 대해서는 잘 알
고 있었다. 한국 비주얼 펑크 밴드 1세대라 할 수 있는 유명
가수 조슈아 장인데, 본명은 장학춘이어서 많은 사람들에게
웃음을 주었다. 커스텀 속눈썹을 붙이고 세퀸 바지를 입는 이
국적인 외모의 펑크 뮤지션 본명치고는 확실히 강했다. 자잘

한 것은 부끄러워하지 않는 성격이어야 비주얼 펑크를 할 수 있으므로 조슈아 장은 토크쇼나 개그 프로그램에 나와 본명에 대해 얘기하며 함께 웃어넘겼다. 조그만 남자지만 대인배라는 느낌을 주었다. 래디가 조슈아 장의 딸인 것은 데뷔하고 한참 후에 밝혀졌는데, 입양 사실에 대해 숨기거나 불편해하지 않고 담담하게 이야기하여 더욱 미담이 되었다. 이후 두 사람은 여기저기 동반 출연하기도 했는데 래디가 조슈아 장보다 키가 한 뼘 정도 더 큰 데다가, 조슈아 장 역시 40대 후반이라는 게 믿기지 않는 동안이어서 모르고 보면 도무지 부녀 관계로는 보이지 않았다.

사실 조슈아 장의 유명세는 젊은 시절 비극적인 개인사에 상당 부분 기인한다. 음악성도 물론 있었지만 전 국민에게 알려지려면 음악성에 더해 특수 요인이 필요하기 마련이다. 조슈아 장의 경우 그 특수 요인은 하필 비극이었다. 1집에서 꽤 성공을 거둔 조슈아 장이 2집 발매를 앞두고 심한 교통사고를 당했던 것이다. 조슈아 장은 경상에 그쳤지만 옆자리에 타고 있던 약혼녀가 사망했는데, 미루어져 다음 해에 나온 2집 앨범에는 그 사고에 대한 노래가 수록되어 있었다. 「레이디버그 레이디」라는 그 노래는 품에 안고 있던 연인을 앰뷸런스에 실어 보냈더니 흰 셔츠에 피와 흙이 묻어 무당벌레 무늬가 생겼네, 하는 비장한 내용을 엇박자의 경쾌한 리듬에 실어 언밸

런스가 두드러지는 희한한 노래였다.

「레이디버그 레이디」는 1990년대의 대히트곡이 되었다. 영국에서는 원곡과 비슷하게, 핀란드에서는 뉴에이지풍으로, 일본에서는 엔카로 번안되었다. 유명한 중국계 미국인 디자이너가 무당벌레 무늬로 전위적인 컬렉션을 선보이며 조슈아 장에게서 영감을 얻었다고 인터뷰하기도 했다. 피아노곡으로 편곡되어 1990년대를 배경으로 하는 멜로 영화에 잔잔하게 깔리기도 했다. 어느 창작자가 안 그렇겠는가마는, 조슈아 장은 그 노래가 변화를 일으키며 퍼져 나가는 것을 좋아했다. 딱한 번 거절한 적이 있는데 보수 진영의 대통령 후보가 선전용으로 바꿔 부르고 싶다고 요청해 왔을 때였다. 그 후보가 당선된 후로 조슈아 장은 텔레비전에 한동안 못 나왔었다.

펑크 쪽에서는 노래방에서 많이 불리기로 다섯 손가락 안에 들었다. 사람들은 평소에는 펑크를 좋아하지 않으면서 노래방에서는 즐겁게들 불렀다. 세기를 넘어 사랑받아 온, 실화에서 비롯된 애절한 사랑 노래였다. 그 노래가 드리운 그림자를 벗어나지 못해서, 또 벗어나지 않는 게 마케팅 쪽으로도 좋아서 조슈아 장은 공식적으로는 솔로였다.

"하지만 그게 언젠데, 당연히 조슈아 장은 다른 누군가를 만나 함께 살아가고 있었겠죠. 왜 몰랐을까."

"우리만 몰랐겠어요. 아무도 모르는 것 같은데."

홍 선생이 무심하게 대답했다. 은영은 어쩌다가 이 남자와 비밀을 나누는 사이가 되었나 생각했다.

"가는 김에 제 CD에 사인 좀 받아다 주세요."

여전히 무심한 얼굴로 인표가 조슈아 장의 앨범 여섯 장을 내밀었다. 오래된 것도 있었고 최근 것도 있었다.

"팬이었어요?"

"비주얼은 부담스럽지만 노래가 워낙 좋잖아요."

은영은 그중 한 장만 핸드백에 넣었다. 여섯 장 다에 사인을 받는 건 역시 너무 없어 보일 것 같았다.

은영이 병원에서 일할 때 소아과 전문의 한 분이 이런 말을 한 적이 있다.

"유홍준 선생의 『나의 문화유산답사기』가 제 최초의 독서였거든요. 워낙 책을 안 읽어서……. 근데 거기 문화재가 막 말을 걸더라 그런 내용이 있어요. 놀랍더라 이거지. 어떻게 하면 탑이 말을 걸고 건물이 말을 걸고 그러나. 그런데 내가 지난번에 워싱턴에 갔잖아. 거기서 그런 경험을 했어요."

그 선생님이 전혀 문화재가 말을 걸 만한 타입이 아니라 은영은 자기도 모르게 주의를 기울여 들었던 것 같다.

"그 거대한 건물들 앞에 섰는데, 나한테 뭐라고 했게? 맞춰 봐요."

아마 모르겠는데요, 따위로 대답했던 것 같다.

"눈 깔아."

거기서는 자기도 모르게 웃었다.

"꺼져."

그쯤에선 멈출 수 없었다. 은영은 워싱턴에 가 본 적이 없고 위압감을 주는 건물들도 잘 몰랐지만 느낌만은 알 것 같았다.

그리고 그 느낌을 지금 조슈아 장의 대저택에서 받고 있었다. 쫄지 말고 들어가자. 이 저택에 돌아다닌다는 귀신을 잘 잡으면 평소 좋아하던 연기파 아이돌의 사인을 래디가 대신 받아다 줄지도 몰라.

벨을 누르자 별 대답도 없이 문이 열렸다. 현관에 신발을 벗고 들어서자 발에 닿는 대리석 바닥이 유난히 차가웠다. 발가락을 웅크린 채 둘러보았지만, 펑크 뮤지션의 집답게 손님용 슬리퍼 같은 것은 없는 모양이었다.

"이쪽이에요."

안쪽에서 누가 불렀지만 그쪽이 어느 쪽인지 은영은 쉽게 찾지 못했다. 아파트는 아무리 커도 구조가 거기서 거기인 반면 이 저택은 모퉁이마다 예상을 저버렸다. 거실을 찾아냈을 때는 잠시 헤맨 걸 숨길 수 없을 만큼의 시간이 지난 후였다. 소파에 앉은 여자가 말끄러미 은영을 바라보았다. '안녕하세요, 래디 어머님.' 같은 말은 나오지 않아서 은영도 주춤거리며 앉았다. 은영은 시선 처리를 못하고 귀가 조금 뜨거워졌는데, 여자가 샤워 가운을 입고 있어서였다. 아무리 귀신 잡는 보건교사라지만 학교에서 선생이 왔는데 샤워 가운을 입고 앉아 있는 학부모라니 보통이 아니었다. 샤워 가운이라니.

여자는 은영보다 기껏해야 몇 살 많아 보였다. 래디의 출생에 대해 떠도는 많은 루머들이 은영의 머릿속을 지나갔다. 사실은 '레이디'의 딸이네, '레이디'가 다른 남자와 낳은 아이인데 그 남자가 죽을병에 걸리는 바람에 뒤늦게 맡겼네, '레이디'의 유전정보를 이용한 일종의 복제인데 대리모를 통해 태어났네…… 여자는 화장을 하면 예쁠 것 같은 희고 희미한 얼굴이었다. 아무리 봐도 래디와는 닮은 구석이 없고 루머들과도 전혀 관련이 없는 젊은 여자다. 이 여자를 엄마라고 부르는구나.

"그 여자가 이 집에 돌아다녀요."

먼저 말을 꺼낸 건 래디 엄마였다. 엄마라니까 엄마라고 부르자, 은영은 마음먹었다. 평소엔 눈치 없기로 유명한 은영이지만 그 여자라니 어떤 여자 말씀인지요, 하고 쓸데없이 묻지는 않았다. 그러니까 「레이디버그 레이디」의 '레이디'가 돌아다닌다 이 말이렷다.

"그럼 제가 좀 살펴봐도 될까요?"

그렇게 말하면서 은영은 의미심장한 눈길을 보냈다. 정말 돌아다녀도 되냐고 물었다기보다는 돌아다녔을 때 보지 말아야 할 것은 보지 않도록 치우라는 뜻이었달까. 왜냐면 래디 엄마를 만나기 위해 지나온 방들 몇에선 미묘한 풀 냄새가 났다. 은영은 그 냄새를 알고 있었다. 예전 배낭여행 삼아 독일에 사는 이모 집에 갔을 때, 몇 번 맡아 본 냄새였다. 일요일 오후 성당 계단에 앉아 애들이 피우고 있던 대마초 냄새였다. 아마 네덜란드 국경이 가까워서 구하기 쉬운 모양이었다. 누가 권하기도 했지만 "난 의료계에 종사할 거야. 그래서 안 돼. 머리카락 뽑으면 다 나와!"하며 거부해 놓곤 나중에 조금 궁금해하긴 했다. 조슈아 장이 2000년대 초반에 대마초 문제로도 잠시 텔레비전에 나오지 못했었다는 게 언뜻 떠올랐다.

"혼자 다니실 수 있죠? 길 잃을 만큼 넓진 않아요."

래디 엄마는 전혀 개의치 않는 듯 보였다. 내가 신고라도 하면 어쩌려고 그래? 은영은 래디 엄마가 비스듬히 소파에 눕는 걸 보았다. 저 여자 샤워 가운 안에 뭘 입긴 입었나? 은영은 아득해지는 마음을 추스르며 맡겨진 문제에만 집중하기로 했다. 천천히 집 안을 돌아보는 내내 발이 시렸다.

두 번씩 돌았지만 아무것도 없었다.

끈적거리는 것도 흘러내리는 것도 숨어 있는 것도 노려보는 것도 아무것도.

잠시 귀신인 줄 착각했던 상대는 고스(goth)풍 옷을 즐겨 입는 조슈아 장의 세션 베이시스트였다. 은영은 자기도 모르게 핸드백 안의 무지개 칼을 꼭 쥐었지만 그저 굉장히 인상이 강한 뮤지션일 뿐이었다. 방문을 열 때마다 그런 헷갈리는 인물이 몇 사람씩이나 있었다. 심지어 쉽사리 펑크랑은 연결시킬 수 없는 레게 가수들까지.

"그 사람들은 늘 거기서 지내니?"

나중에 학교에서 래디에게 물었다.

"식객 같은 거예요. 양반들이 사랑방에 손님 들이듯 아빠도 여러 사람 먹여 살려요. 스트리트 뮤지션들도 스트리트에서 잘 수는 없잖아요. 지붕 정도 빌려주는 거 선배로서 해야 할 일이라고 했어요."

대인배의 대저택이네, 애초에 그런 용도로 폐쇄적인 구조를 택했나 보다. 은영은 그럴듯하다고 생각했다.

래디 엄마에게선 두 번 더 전화가 왔다. 그쯤 되니 안은영도 그 집에 편하게 드나들게 되었다. 대저택은 "꺼져."라고 말하는 대신 "왔냐."라고 인사를 해 왔다. 들어갈 때는 편한데 이제 나올 때가 불편했다. 방문할 때마다 아무것도 발견할 수 없어 소용없이 돌아서야 했던 것이다.

"분명히 봤어요."

그다지 간절히 설득하려는 의지도 없이 래디 엄마가 말했다. 머리가 젖어 있었다. 오늘도 색깔만 다른 샤워 가운이다. 은영은 보슬보슬한 샤워 가운이 면 80수는 족히 될 거라고 생각했다.

"어떤 모습이던가요? 무서워 보였어요?"

"피를 계속 흘리고 있던데요. 알려진 대로."

"어머님을 괴롭히거나 해코지하려 했나요?"

"손을 내밀면서 자꾸 피를 묻히려 해요, 내 옷에. 그거 말고는 없는데 눈빛이 기분 나빠요."

그 정도면 20여 년 흩어지지 않은 유령치고 정말 숙녀지 싶었다.

"생전에는 어떤 분이셨는지 혹시 아세요?"

껄끄러운 질문이었지만 은영으로선 정보가 간절히 필요했다.

"남편이 자주 얘기하는 편이 아니라서……. 둘 다 너무 어릴 때고 별로 오래 사귀지도 않았어요. 약혼녀라고는 하지만 친구들과 즉흥적으로 언약식 비슷한 걸 한 거였고 정말로 결혼 계획을 세운 것도 아니었대요. 그 나이는 그런 나이잖아요. 충동적이고 제정신도 아니고 그러면서 진지하지는 않은. 그러곤 바로 사고를 당했죠."

래디 엄마의 얼굴에 약간의 침울함이 고였다.

"래디 아버님과 결혼하신 지는 얼마나 되셨어요? 결혼 생활 내내 나타났나요, 아니면 이 집에서만 나타났나요?"

"결혼한 지는 6년 되었지만 내내 이 집에서만 살았어요. 4년 전부터 봤어요."

은영은 래디 엄마 심정을 살짝 알 것 같기도 했다. 오래전 잠깐의 연애가 거대한 러브 스토리로 고정되었다. 덕분에 조슈아 장과 실제 안정적인 파트너십을 유지하고 있는 스스로가 오히려 가짜처럼 되어 버렸다⋯⋯. 어쩌면, 하고 은영은 지난번 방문부터 살짝 떠올렸던 가능성을 다시 검토해 보았다. 어쩌면 이 집엔 정말 아무것도 나오지 않는 것일 수도 있다. 완전히 심리적인 문제일 수도 있다. 환각이어서 은영의 눈에 보이지 않은 것이다.

하지만 그렇게 말했다간 샤워 가운도 벗어던지고 더한 구석으로 움츠러들 사람이다. 은영은 정신과 병동에도 있었던 적이 있기에 조심스러웠다.

"어쩐지 두 분은 좀 특별하게 만나셨을 것 같아요."

안은영은 얼굴 근육에 지시를 내렸다. 최대한 아가씨같이 웃어, 아가씨같이 친밀하게 웃으라고! 래디 엄마는 은영의 부자연스러운 웃음을 눈치채지 못하고 스스럼없이 대답했다.

"친한 친구가 남편 팬이었어요. 팬 미팅장에 따라갔는데 바로 공연을 하더라고요. 맨 앞에서 노래도 안 따라 부르고, 힐을 신어서 점프 같은 것도 안 했는데 그게 남편 눈에 띄었나 봐요. 사실 그렇게 다들 점프를 해 댈 줄 몰랐어요. 점점 친구에게 짜증이 치받쳤죠. 왜 나랑 약속 잡아 놓고 이런 데를 데려왔을까 싶었어요. 한참 노래를 부르던 남편이 저를 보더니 '팬도 아니면서 왜 왔어요?' 하고 대놓고 물었어요."

"설마 마이크를 잡은 채로요?"

"팬들이 남편 대신 후렴 부분 부를 때요."

소문대로 직설적인 사람이구나 싶은 일화였다. 그러더니 나중에 매니저를 통해 연락처를 물었다고 한다. 막상 팬이었던 친구는 뭐라도 연결 고리가 생겨 기쁨과 동시에 왜 자기가 아니라 래디 엄마였는지 이해할 수 없었고 그 복잡한 심경을 이기지 못해 멀어졌다고 했다.

"팬이 아니라서 좋았대요. 영원히 팬이 되지 않을 것 같아서 좋았대요."

"역시 독특하시네요. 음, 팬이면 좀 불편할 것 같긴 해요."

"팬이면 차분하게 대화가 안 되니까."

"아, 래디 아버님 대화를 중시하시는구나. 그럼 어머님은 아버님의 어디에 반하신 거예요?"

"글쎄요, 워낙 무해한 생물이라 나 말고도 아무나 따라와서 잘 살아요. 굳이 떠올리자면…… 신발 사이즈가 같아서?"

나는 여기서 왜 이런 이상한 대화를 하고 있나. 차라리 뭘 잡고 싶다. 없애고 싶다. 은영은 평소답지 않은 욕구불만에 빠져들었다. 다른 사람 연애 디테일을 캐내는 귀여운 아가씨 얼굴 같은 거, 하기 싫구나.

허망하게 돌아가다가 돌아보니, 창가에 래디 엄마가 서 있었다. 흘낏 봤을 때는 잘못 봤나 싶었다. 샤워 가운 앞이 열려 있었다. 역시 안에는 아무것도 안 입었어……. 이 집 근처에 파파라치가 어슬렁거리지 않아 다행이라고 중얼거리다가, 문득 래디 엄마가 파파라치라도 기다리고 있는 게 아닌가 하는 생각이 들었다.

"우리 집에서 며칠 지내는 건 어떠세요?"

간만에 학교에 나온 래디가 제안했을 때 은영은 가타부타 없이 곧바로 수락하고 2박 3일 짐을 쌌다. 은영으로서도 끝을 보고 싶었다. 이번에도 별 소득이 없으면 어떤 방식으로든 끝내야겠다고 생각했다. 만약 은영이 실패하면 굉장히 나쁜 종류의 사기꾼들이 끼어들 게 뻔했다. 효용도 없는 부적을 들고 와 그 집의 실크 벽지에 더덕더덕 붙이거나, 더 질이 안 좋으면 매켄지 같은 애들이 이상한 씨앗을 들고 와 터무니없는 액수를 뜯어 갈 것이다. 래디네라면 3000원짜리 플라스틱 화분을 3000만 원에 사고도 신경 쓰지 않을 사람들이라 걱정이 되었다. 속고 분해하기라도 할 사람들이면 걱정도 덜할 것 같왔다. 하여튼 퇴마사를 부르기 전에 병원이 먼저라고 이 사람들아, 의료인으로서 속상하기도 했다.

"놀러 가는 것도 부러웠는데 자러 가다니 진짜 부럽다."

충전을 해 주기 위해 잠시 만난 인표가 말했다. 그게 당신의 부러워하는 얼굴입니까, 싶게 심상한 얼굴로 부러워했다. 놀러 가는 것도 자러 가는 것도 아니고 골치 아픈 상황인데 뭐라는 건지. 은영은 인표의 손가락을 일부러 꽉 잡고 쭈욱, 기운을 짜냈다.

래디네 집에는 은영을 위해서였는지 우연히 타이밍이 맞았던 건지 웬일로 온 가족이 모여 있었다. 처음 실물로 보는 조슈아 장은 확실히 연예인 아우라가 있었다. 집에서도 쫄바지에 칼라 렌즈에 깃털 속눈썹이라니 대단했다. 은영은 자기도 모르게 쫄바지 앞을 쳐다보았다. 그러고 싶지 않아도 점프하는 발레리노의 그 부분을 자꾸 쳐다보게 되거나, 동물원에서 사자의 덜렁거리는 뒷모습을 바라보게 되는 식이었다. 그런데 밋밋하고 평평했다. 이 사람은 설마 어떤 영험한 거세를 통해 영원한 젊음을 얻은 건가.

"스포츠 브라 같은 팬티를 입어요, 이이는. 스펀지가 잔뜩 달린. 걱정 마세요. 안에 있을 거 다 있어요."

은영의 시선에 래디 엄마가 설명해 주었다. 안 해 주셔도 되는데 말입니다. 은영과 조슈아 장이 동시에 얼굴을 붉혔다.

"뛰어다닐 때 불편하거든요."

조슈아 장이 쓸데없이 덧붙여 설명했다.

"집에서도 꼭 무대에 계실 때같이 하고 계시네요."

"애티튜드를 유지하기 위해서라고 하고 싶지만 실은 막 들어와서 씻지를 못했어요."

은영은 사 온 조각 케이크 박스를 식탁 끝에 내려놓았다. 래디가 투명한 틈으로 들여다보고는 좋아했다. 저럴 때는 평소와 달리 여고생 같다 싶었다.

"선생님, 우리 래디는 학교에서 공부 잘하나요? 친구들이랑 잘 지내나요?"

국을 뜨고 있던 아주머니가 물었다. 못 보던 아주머니였다. 은영은 뭐라고 대답해야 하나 잠시 고민했다. 담임도 교과목 선생도 아니고 보건교사인데, 아무도 말을 안 해 줬단 말인가. 다행히 아주머니 쪽도 별로 대답을 기대한 건 아니었던 듯했다. 은영이 얼버무리는 동안 마지막 국그릇을 들고 맞은편 자리에 앉았다.

"장 서방, 얼른 들어. 식겠어. 그렇게 빼짝 말라선 못써."

"각선미로 수십 년 먹고살았어요, 장모님."

아, 래디 엄마의 친정 엄마구나. 장모님이구나. 혼돈의 만찬이라 할 수 있었다. 은영은 밥이 어디로 들어가는지도 모르게 먹었다. 대화는 잘 이어지지 않았는데, 은영이 긴장한 탓도 있지만 가족들이 각자 멍을 때리는 바람에 그랬다. 당신들끼리는 멍 때려도 편하겠지. 불편하게 숟가락을 뜨며 은영은 조슈아 장의 얼굴을 곁눈질했다. 대체 무슨 화장품을 바르면 저렇게 안 늙는 걸까 궁금했지만 아마 타고난 거겠거니 싶어 물어보지 않았다. 마지막엔 포기하는 심정이 되어 오로지 방에 가고 싶었다.

은영이 묵게 된 손님방의 인테리어는 묘했다. 앤티크 가구와 아주 현대적인 가구가 별 고려 없이 섞여 있었다. 앤티크 가구에는 정체를 알 수 없는 얼룩들이 있어서 뜨악했고, 현대적인 가구는 모든 모서리가 너무 뾰족했다. 어느 쪽이 더 신경 쓰이냐면 얼룩 쪽이었다. 저 비싸 보이는 의자 위에서 아무나가 아무하고나 뒹군 건 아니겠지. 은영은 의자를 멀찍이 떨어뜨려 놓고 침대로 직행하기로 마음먹었다.

침대 머리맡에는 가구들보다도 뜨악한 디자인의 십자수 작품들이 걸려 있었다. '조선 펑크사'라는 제목으로 펑크 밴드들의 계보가, 아마 아는 사람들은 쉽게 알아볼 캐리커처와 함께 세심하게 수놓인 작품들이었다.

"우리 아빠가 한 거예요."

침대에 새 시트를 깔아 주며 래디가 말했다.

"아빠는 보기보다 다정하고 순한 사람이에요. 엄마한테 엄청 잘해요. 콘서트에서 「레이디버그 레이디」 부르면서 울지만 그거 사실 다 안약이에요. 아빠한텐 엄마밖에 없어요."

"그래 보여."

정말 그래 보였다. 은영의 눈에는 보였다. 두 사람이 만들어 내는 기분 좋은 공기가 시각적으로 보였으니까. 색깔로 말하자면 오트밀 색에 가까운 베이지였다. 화려한 색은 아니지만 은영이 늘 동경했던 색이다. 베이지 색이 어울리는 여자가, 혹은 커플이 되고 싶다고 말이다.

"너는 어떻게 만났니, 두 분?"

전 국민이 입양아인 걸 알고 있으니 은영도 물어도 될 것 같았다.

"종교 단체가 하는 고아원에서 자랐어요."

"아, 부모님이 종교가 있으시니?"

"아뇨, 전혀. 근데 아빠는 종교 단체에서 악기 배운 사람들을 좋아해요. 어려서 시작해서 기본기가 탄탄하다고."

"실용적인 분이시구나."

"안 쓰는 기타들을 기증하러 왔다가 나를 보고는 같이 가서 살자고 했어요. 처음엔 이상한 사람인 줄 알았는데 그게 아빠 스타일이더라고요. 그 성격에 차분하게 입양 절차를 밟은 게 어디예요."

래디는 자기가 씌운 시트 위에 앉아서 갈 기색이 없었다.

네가 가야 나도 눈 좀 붙인 다음 밤에 돌아볼 텐데, 은영이 재촉하는 눈길을 보냈다.

"엄마랑 밖에 나가면 좋겠어요."

래디의 목소리는 믿을 수 없이 낮았다. 베이스를 어깨에 걸고 연주하며 노래하던 모습이 떠올랐다. 지금은 노래할 때보다 더 낮은 목소리로 이야기했다. 진지해질수록 낮아지는 모양이었다.

"엄마가 샤워 가운 말고 다른 옷을 입으면 좋겠어요. 제 공연에 왔으면 좋겠어요."

이렇게 압박이 들어오는구나. 은영은 한숨을 쉬었다.

"나도 이번엔 꼭 어떻게 해 드리고 싶어."

그제야 래디가 일어나 제 방으로 갔다. 은영은 알람을 맞춰 두고 잠시 누웠다. 침대 헤드 뒤에 테두리 조명이 켜져 있었는데 어떻게 끄는지 찾을 수가 없어서 얼굴에 팔을 얹고 가벼운 잠을 잤다.

새벽에 일어나서 돌아다니니, 이 방이나 저 방이나 뾰족한 철제 가구가 많아서 무릎을 몇 번이나 찧고 말았다. 이렇게까지 각진 가구만 사다니 취향 참 날카롭네, 은영은 모두 잠든 집을 돌아다니며 부딪힐 때마다 몇 번이나 욕을 할 뻔했다. 멍이 들 게 틀림없었다.

이상한 게 널브러져 있는 걸 발견하긴 했지만 매번 사람이었다. 이상한 곳에 이상한 옷을 입고 이상한 자세로 있으면 사람이 아닌 것처럼 보이지만 다 사람이었다. 어떻게 저렇게 자나, 말도 안 된다 싶어 혹시 죽었나 확인도 해 보았지만 살아 있었다. 빈 맥주병이 발에 채어 무거운 소리를 내며 굴러가곤 했다.

"봤어요?"

래디가 아침 식탁에서 보챘다.

"응."

인상을 꾹 쓰면서 안은영이 대답했다. 간만에 해 보는 거짓말이었다.

"뭐래요?"

"직접 본 건 아니고 흔적만 봤어."

"흔적이요?"

"달팽이 지나간 흔적 같은 거 말야."

"제대로는 못 보셨구나."

"낯가림 있는 유령들이 있어."

래디는 반은 만족하고 반은 실망한 것 같았지만 여튼 한 차를 타고 등교했다. 출석 일수만 겨우 채우는 래디였지만 은영이 와서 자는 이틀은 학교에 나올 셈인 듯했다.

"어, 래디, 왜 보건 샘이랑 와?"

궁금한 건 그냥 물어본다는 점에서 애들은 건강했다. 뭐라 해야 하나 싶었을 때 래디가 아무렇지 않은 얼굴로 말했다.

"우리 막내 이모야. 몰랐어?"

우와, 뻔뻔스러워. 역시 좀 뻔뻔스러워야 연예인도 하고 가수도 하는구나 싶었다. 이모뻘인가. 그래도 막내 이모라서 다행이다 생각했을 때, 보건실로 가는 현관 앞에 홍 선생이 나와 있는 게 보였다. 어젯밤 얘기가 듣고 싶어서 나와 있는 거겠지만 귀찮아서 급식실 쪽으로 들어가 버렸다.

지금부터 3분 안에 저 문을 열고 홍인표가 들어온다……. 낯선 곳에서 자서 뻐근하고 멍한 상태로 은영은 보건실 문을 바라보았다.

"아까 나 봤는데 그냥 갔죠?"

1분 36초를 남기고 문이 열렸다. 수업이 없는 시간에 쳐들어올 줄 뻔히 알고 있었다. 홍인표는 알려진 것보다 훨씬 예측하기 쉬운 생물이지만, 스스로는 그 사실을 모르는 것 같아서 은영으로선 언제나 조금 놀리고 싶은 기분이 들었다.

"어제 뭐 좀 봤어요?"

"홍 샘은 가십 같은 거 안 좋아할 것 같은데 왜 그렇게 궁금해해요?"

"가십이 아니지 그건, 고전적 러브 스토리를 연상시키는데요. 최치원이 무덤가에서 두 처녀 귀신을 만나는 이야기 같잖아요."

"그게 누군데요?"

인표가 매우 실망하는 표정을 지었지만 은영은 무시했다.

"아무것도 못 봤어요. 역시 그 집엔 아무도 없어요. 안 나와요."

"그냥 안 샘이 싫은 게 아닐까요? 귀신도 맘에 드는 사람한테만 자길 보여 줄 수 있잖아요."

이 남자가 지금 쓸데없이 날 긁으려고 소중한 공강 시간을 쓰는 건가, 은영은 뾰루퉁해졌다.

"물론 그럴 수도 있지만 제가 보기엔 그렇게 밝고 건강한 느낌의 집이 또 없다니까요?"

"……조슈아 장의 집이요?"

"건전하고 뽀송뽀송해요."

인표는 도무지 믿으려 들지 않았다. 그러고는 물어보지도 않고 은영이 아끼는 머그에 아껴 먹는 티백을 퐁 떨어뜨렸다. 컵 안 씻어 놓고 가기만 해 봐라, 은영은 인표의 뒤통수를 노려보았다.

"아무래도 심리적인 문제 같아요."

"래디 어머님의?"

"그렇잖아요. 결혼까지 가지 못한 약혼녀가 본부인이고, 정말 결혼한 자기는 꼭 정부(情婦)같이 사니까. 러브 스토리가 아니라 저주지."

"그럴 법도 하다."

"하지만 제가 그렇게 말할 수 있는 문제도 아니고, 레이디를 봤다고 너무 확실하게 믿고 있으니까 먹히지 않을 거예요."

"그럼 어쩌나."

"그래서 말인데요……."

은영이 서랍에서 한지와 붓펜을 꺼냈다. 인표가 올 줄 알고 미술 선생님한테 빌려 온 것들이었다. 미색의 한지는 가로는 좁고 세로로는 길었는데 그 크기가 무언가를 연상시켰다.

"이거 설마 부적 만들려고요?"

이 여자가 강시라도 잡으려는 건가, 부적 얘기만 나오면 매번 불을 뿜더니 어이없어하며 인표는 종이를 집어 들었다.

"옛날 무당들이 설마 다 진짜 영능력자였겠어요? 귀신도 다 진짜 귀신이 아닌걸요. 눈앞에서 상징적인 행동을 해 주면 래디 어머님도 좀 나아지지 않을까 싶어서."

"엥? 그거 완전 쇼잖아요?"

"도움이 된다면 쇼도 상관없잖아요."

"우와, 그거 너무 강수 아닌가."

안은영은 붓펜도 인표 손에 단단하게 쥐여 주었다.

"왜 나한테 줘요?"

그야 부적 따위 쓸 줄 모르니까 그렇지, 안은영은 자세하게 주문을 했다.

"이별의 한시 같은 거, 최대한 부적처럼 보이게 적어 줘요."

그리하여 홍인표는 보건실에서 쫓겨나, 자리로 돌아온 다음 당시 모음집을 뒤적거렸다. 당시냐 송시냐 한쪽만 고르라 하면 당시 취향이었다. 결국 고른 것은 진자앙의 시 「등유주대가(登幽州臺歌)」였다.

> 앞에는 지나간 옛사람 보이지 않고(前不見古人)
> 뒤로는 이제 올 사람 보이지 않으니(後不見來者)
> 천지의 아득함을 생각하다가(念天地之悠悠)
> 혼자 눈물을 떨어뜨리고 만다.(獨愴然而涕下)

아마 진자앙은 본인이 겪은 정치적 절망을 빚어 시를 썼겠지만, 이것은 마치 죽은 레이디와 래디 엄마의 텅 빈 상태 사이에서 온전한 삶을 영위할 수 없는 조수아 장의 마음 같지 않은가. 어쩜 이리도 시를 잘 골랐을까, 한문 선생은 그만 의기양양해지고 말았다. 그래서 호기롭게 교장 선생님의 서예용 낙관까지 슬쩍 찍은 다음 손가락으로 슬슬 뭉갰다. 언뜻 보기에는 정말로 부적 같았다. 보통 한지가 아니라 노란 종이였으면 더 좋았을 텐데 아쉬웠다. 인표는 완성된 부적을 클리어

파일에 끼워 들고 팔랑팔랑 보건실로 향했다.

"진자앙은 측천무후 때 사람으로 이 시는 거란 정벌을 갔다가……."

막 교양 넘치는 강의를 시작하려 하는데 은영은 교양 없이 인표의 강의를 뚝 끊고는 부적만 챙기고 쫓아냈다.

하루에 두 번째로 보건실에서 쫓겨난 인표는 복도에 서서 생각했다. 역시 이용당한 것 같아.

이틀째 밤에는 별로 열심히 찾지도 않았다. 돌아다니다 보니 래디 엄마의 드레싱 룸에 들어가게 됐는데, 화려한 옷들 천지였다. 이렇게 옷이 많은데 매일 샤워 가운만 입고 있다니 웬 낭비람, 은영은 아깝다는 생각을 하지 않을 수 없었다. 심지어 택이 그대로 붙어 있는 옷들도 몇 벌 보였다. 이 근사한 옷들이 그 예쁜 여자에게 입혀진다면 좋을 텐데……. 은영의 취향에는 너무 전위적이긴 했어도 구경할 만한 드레싱 룸이었다. 게다가 어째선지 그 방엔 깨끗하고 푹신한 소파가 있었으므로 잠시 누워 쉬었다. 오래된 옷 냄새와 새 옷 냄새가 함께 났다.

아침까지 기다려야 할까?

아니, 최대한 극적인 게 낫겠다. 은영은 새벽 3시에 조슈아 장 부부와 래디를 깨웠다.

"이 집에 그분의 물건이 남아 있어요."

최대한 엄숙하게 보이도록 목소리를 깔고 선언했다. 잠에서 덜 깬 가족들이 멍하게 은영을 바라보았다.

"미순이 물건이요? 그럴 리가요. 그게 벌써 몇 년 전이고 이사를 몇 번이나 했는데요."

조슈아 장이 눈 가장자리를 양손으로 꾹꾹 누르며 반문했다. 레이디 이름이 미순 씨였나. 학춘과 미순이라……. 전혀 장학춘같이 안 생긴 조슈아 장은 부스스한 머리에 후줄근한 잠옷을 입었어도 여전히 동안이었다.

"있다고 했어요. 꼭 필요한 물건이랬는데 거기까지밖에 못 들었어요."

여기서 움츠러들면 안 된다. 설마 하나는 있겠지.

"찾아볼게요."

래디 엄마가 은영만큼이나 결연하게 대답했다. 래디도 순순히 따랐고, 조슈아 장도 잠옷을 바지 안에 여미며 이 방 저 방의 서랍을 엎기 시작했다. 바지 안에 윗옷을 여미는 모습은 좀 아저씨 같다는 생각이 들었다. 은영도 하는 둥 마는 둥 거들었다. 어차피 은영이 봐서 알아볼 수도 없으니 최대한 뒤에 서 있는 게 나았다.

"어…… 있다."

정말로 있네, 하고 얼떨떨하게 선 조슈아 장의 손에는 조그만 안경집이 들려 있었다. 나머지 사람들도 얼른 그쪽으로 다가갔다. 뚜껑을 여니 영락없는 1990년대의 반무테 안경이 들어 있었다. 알이 두꺼웠다.

"미순 씨, 눈 나빴구나."

래디 엄마가 안경을 만지려다가 다시 손을 거두었다.

"안경이었나."

조슈아 장이 숙연하게 말했다.

"하긴 렌즈를 낀 채 죽었지. 그거 빼 줄 생각을 못했네. 얼마나 답답했으면……."

죽은 사람의 눈에서 렌즈를 벗겨 내는 건 웬만해선 생각 못하지 싶었다. 은영으로서는 요행이었다.

"그걸 왜 나한테 와서 말했을까요? 난 몰랐는데."

래디 엄마가 은영에게 물었다.

"예민한 사람한테 말을 거니까요. 다른 가족분들보다 예민하셨겠죠."

조슈아 장과 래디가 우리는 확실히 둔하지, 수긍하며 고개를 끄덕였다. 자, 하고 주의를 환기시키며 은영이 부적을 꺼냈다. 래디가 얼른 라이터를 가지고 왔다.

"이걸 태우고, 안경을 밟으세요."

"밟아요?"

은영이 마지막으로 단호하게 밟으라고 말했다. 부적이 타는 시간은 짧았고, 안경은 단번에 부서졌다.

그리고 모든 게 끝났다. 아침으로는 프렌치토스트를 얻어먹었다.

"워스트 드레서 가족이라니 너무해……."

패션 잡지는 잔인하구나, 은영이 안타까워하며 한탄했다. 인표가 얼른 들여다보더니 한숨을 쉬었다.

"아니, 그러게 왜 다들 이렇게 세게 입었어."

아닌 게 아니라 셋 다 엄청 자기 멋대로 입고 외출한 조슈아 장네 가족의 사진이 실려 있었다. 색상을 좀 고려하든가 스타일을 맞추든가 할 일이지 한 사람은 공작새, 한 사람은 탱크, 한 사람은 놀이공원 풍선처럼 입고 있어서 변론의 여지가 없었다. 그 일이 벌써 두 달 전이었다. 래디 엄마가 샤워가운이 아닌 옷을 입고 외출했다는 사실 자체는 기뻤지만 워스트 드레서라니, 워스트 드레서라니. 사진 위쪽 모서리에는 뒤집어진 엄지가 꽝 찍혀 있었다. 그늘에서 벗어나 드디어 공식적인 부인이 되었는데 너무하다 싶게 여론이 나빴다. 사람들은 레이디가 죽었을 때 겨우 초등학생이었던 래디 엄마가 레이디를 암살이나 한 것처럼 심술을 부렸다.

하지만 그러거나 말거나 래디는 신이 난 듯 보였다. 오랜만에 학교에 나와서는 보건실을 찾아왔다.

"분위기 좀 좋아지면 엄마 아빠도 부부 동반 프로그램 같은 데 나가지 않을까요? 사람들 마음은 금방 변하니까 괜찮아요. 아, 선생님도 그 잡지 보셨구나. 워스트 드레서로 뽑혔는데 우리. 키키. 그것도 괜찮아요. 패션은 원래 어느 선을 지나면 더 이상 일반적인 아름다움의 문제가 아니라 영혼의 문제니까요."

영혼, 영혼이라, 하고 은영이 속으로 중얼거리고 있을 때 래디가 대뜸 선물 상자를 내밀었다. 안에는 엄청 고급스러운 샤워 가운과 은영이 좋아하는 연기파 아이돌의 사인이 들어 있었다. 모세혈관 몇 개가 펑, 터지는 기분으로 기뻤다.

"나 이거 액자 해야지. 고마워."

은영은 그 이후로도 종종 조슈아 장이나 래디의 공연, 혹은 그 둘의 합동 공연에 초대를 받았다. 티켓은 늘 두 장이었으므로 대개 인표와 함께 갔다. 열광하는 팬들 속에, 두 사람은 늘 차분한 옷차림으로 차분하게 서 있었지만 꽤 즐거웠다.

"따지고 보면 한 것도 없잖아요. 사기를 쳐 놓고 콘서트 티켓은 참 따박따박 받아먹⋯⋯"

"시끄러워요."

인표는 그 와중에도 얄미운 소리를 했다.

래디는 엄마를 위해 노래를 만들었다. 노래 제목은 「샤워 가운의 여신」이었다. 아무 계획 없는 오후 벨벳 소파에 앉아, 샤워 가운을 입은 여신과 함께 응시하는 이상한 세계에 대한 노래였다. 1절은 당근을 못 먹으면서 당근 농장을 하는 남자가 벌에 쏘이면 죽는데 양봉업에 종사하는 여자를 사랑하는 이야기고, 2절은 훈련 중인 우주인과 비스킷 이름을 가진 그의 애완동물이 주인공이었으며, 후렴구에는 턱뼈가 큰 심해저의 물고기와 가장 높이 나는 날벌레가 나오는 미묘한 노래였다. "약 빨고 만들었네."가 일반적인 평가였지만 은영은 래디가 아무렇지 않은 듯 털어놓는 자기 이야기임을 알았다.

솔직히 평하자면 은영이 좋아할 만한 노래는 아니었다. 너무 이상한 노래였으니까. 그런데도 가끔 비 오는 오후에 샤워 가운을 입고 있자면, 저절로 부르게 되었다. 샤워 가운이란 참 한 번 입으면 벗기 힘든 옷이었다.

가로등 아래 김강선

— 안은영.

　　집 앞 가로등 밑에서 누가 성까지 붙여 이름을 불렀을 때 은영은 그렇게 자기를 부를 수 있는 사람이 몇 안 된다는 걸 떠올렸다. 목소리는 낯설었지만 경우의 수가 너무 적어서 금방 알아볼 수 있었다. 중학교 동창 김강선이었다. 키가 30센티미터쯤 더 자라고 양복을 입고 있었지만 옛 얼굴이 남아 있었다. 소년 시절에도 소년의 표정을 하고 있지는 않았던 얼굴이라 더 알아보기 쉬웠는지도 모른다.

　　은영은 반가워서 인사를 하려다가, 멀쩡해 보이는 중학교 동창에게 그림자가 없다는 걸 깨달았다.

　　— 왜 반가워하려다가 마냐.

어쩌다가, 너무 젊잖아, 왜 그랬어. 여러 가지 말들이 혀끝까지 밀려왔지만 이런 경우를 한 번도 겪어 보지 않았던 건 아니다. 은영은 그래서 가볍게 초대했다.

"잠시 앉았다 갈래?"

강선은 살아 있었더라면 활기찬 소리가 났을 보폭으로 은영의 집에 따라 올라왔다. 마지막으로 본 게 16년 전인지 17년 전인지 그랬다. 그 어색할 만한 공백을 뛰어넘어 찾아온다는 게 죽은 사람들의 신기한 감각이었다.

두 사람은 같은 반이었고 각자 문제적 시간을 보내고 있었다. 은영은 지금보다 훨씬 미숙해서 아무도 말을 걸지 않았는데 대뜸 이상한 대답을 한다든지, 친구의 등짝을 갑자기 사색이 되어 턴다든지 하는 행동으로 이미 좋은 평판을 얻기는 힘들게 된 상황이었다. 그 나이를 떠올릴 때면 아쉬운 마음이 먼저 드는 은영이었다. 조금만 더 능숙했으면 모든 게 나았을 텐데, 하고 말이다. 아무도 함께 밥을 먹어 주지 않는 나날이었다.

강선도 혼자 밥을 먹는 아이였다. 강선이 그렇게 된 건 강선 탓이라기보다는 두 학년 위의 누나 때문이었다. 강선에게는 누나가 둘 있었다. 아버지는 지병으로 위독했고 어머니는 원래 안 계셨다. 큰누나가 동대문에서 야간 아르바이트로 돈을 벌었다. 작은누나는 어린 나이 때문인지 성향 때문인지 돈을 버는 쪽이 아니라 뺏는 쪽을 택했다. 기껏 150이 조금 넘는 키였는데도 무시무시했다. 토끼같이 머리를 묶고 있었지만 그쪽 서클의 핵이었다. 그런 유의 서클은 희한하게 전근대 왕조랑 비슷해서 이른바 가장 센 남자애랑 사귀는 여자애가 여자애들 중에서도 리더가 되었다. 몇 번 엎치락뒤치락 서열이 바뀌기는 했어도 강선의 누나는 누구보다 오래 자리를 지켰다.

결과를 생각하지 않고 휘두르는 폭력에는 원래 고등학생보다 중학생들이 더 능하기에, 아이들은 강선의 누나와 그 패거리를 무서워했다. 강선에 대해서는 싫어했다기보다는 꺼려했다. 강선은 패거리에 정확히 속한 건 아니지만 가끔 함께 다닐 때가 있었다. 선배들과 다니기도 했고 같은 학년과 다니기도 했다. 속한 것도 속하지 않은 것도 아니었다. 그런 어중된 태도는 보통이라면 용납되지 않았겠지만 누나 덕분에 가능했다.

학교에서 머무는 시간 내내 강선은 수업을 듣지 않고 만화를 그렸다. 그런데 솜씨가 보통이 아니었다. 유행하는 애니메이션의 주인공들을 똑같이 그렸다. 8등신으로도 그렸고 3등신으로도 그렸다.

은영은 가끔 강선을 떠올릴 때, 결국 만화가가 되었을까 궁금해하기도 했었다.

뭔가 마실 거라도, 하는 권유가 다행히 적당한 타이밍에 삼켜졌다. 지난 주말에 청소를 해 놔서 다행이란 생각도 들었다. 살아 있거나 죽었거나 집에 들이기엔 애매한 사이였다.

— 혼자 사는구나.

강선이 말했고 그 말에 약간의 평가 같은 게 섞여 있는 것 같아 은영은 빈정상했다. 혼자 살긴 해도 지금까지 잘해 왔다고, 이미 죽은 녀석한테 평가받긴 싫다고 말이다.

— 왜, 그 남자랑 같이 안 살고.

아, 한문 선생을 알고 있다. 죽은 사람들은 참 정보력이 좋기도 하다.

"그런 사이 아닌 거 알면서. 너는? 너는 누구 있었어?"

일부러 웃으며 물었고 강선이 없다고 대답했기 때문에 안심했다. 누군가를 남기고 죽기엔 좋지 않은 나이다. 그런 문제에 좋은 나이는 없지만.

— 나 일주일이나 지났는데 아직 부스러지지가 않아.

굳이 얘기해 주지 않아도 은영은 보고 있었다. 머리카락도 옷도 구두도 아직 뭉개지지 않은 상태였다. 구두에 시선이 가자 강선이 익살스럽게 벗는 시늉을 해서 은영은 웃고 말았다. 산 사람처럼 디테일이 살아 있었다. 젤리처럼 되고 투명해지고 부스러기가 떨어지기엔 멀어 보였다.

— 다른 사람들은 금세 부스러지던데 나는 안 되더라.

"젊어서 그래."

말하고도 그 말이 좀 웃기게 들렸다. 젊어서 못 다 한 게 많아서 그래, 그런 뜻이었는데 마치 젊어서 혈기왕성해서 그래, 같은 말로 들렸다. 강선도 조금 웃었다.

— 그래서 네 생각이 났어. 어차피 좀 걸릴 거라면 그동안 너랑 이야기할 수 있겠다 싶어서.

은영이 강선 앞에 태블릿 PC를 두고, 그림 그리는 앱을 열어 주었다. 강선의 손가락이 화면 위로 미끄러졌다. 산 사람만큼은 아니지만 희미하게 선이 나타나자 기뻐했다. 터치는 죽은 사람에게도 공평했다.

— 이게 될 줄이야. 정전기구나, 나.

"마음껏 하다가 가."

두 사람이 짝이 되었던 것은 두 사람의 의지이기도 했고 아니기도 했다. 격주로 자리를 바꿀 때 마음에 안 드는 자리를 뽑으면 자기보다 더 약한, 사회적 지위든 뭐든 간에 더 약한 아이에게 바꿔 달라고 하기 마련이다. 강선 옆자리를 뽑은 여자애가 나랑 바꿀래, 하고 물었을 때 목소리가 친절했고 은영은 사실 누가 말을 걸어 준 것만으로도 기뻤으므로 흔쾌히 바꿔 주었다. 강선의 기운이 나빠 보이지 않았기 때문에 망설이지 않았다. 내내 어두운 표정으로 앉아 있지만 머리와 어깨

주변엔 조그만 캐릭터들이 둥당둥당 뛰어다녔다. 특별히 피해야 할 아이가 아닌데 다들 피하고 있었다.

그다음부터 두 사람은 짝을 뽑는 데서 비공식적으로 빠져서 계속 같이 앉았다. 애초에 둘 다 기피 대상이기도 했고 점심시간에 각자 자기 자리에 앉아 먹는 것뿐이어도 혼자 먹지 않는 것 같은 기분이 들어서 괜찮았다. 아른아른한 소문이 날 법도 했지만 워낙 둘 다 비호감이라 "재수 없는 것들끼리 계속 앉아 있다." 정도였다. 1분단 맨 뒷자리였다. 여름엔 덥고 겨울엔 춥고 눈이 부시고 에어컨은 바로 목 뒤로 떨어지고 칠판은 잘 보이지 않았다. 한 사람은 낙서를 했고 한 사람은 다른 사람들 머리 위로 떠오른 에로에로 구름들을 보고 있었다.

먼저 말을 건 것은 은영이었다. 자기도 모르게 건 것이었다. 강선이 「슬레이어즈」의 제르가디스를 그리고 있었던 것이 계기였다. 은영은 그 캐릭터를 특별히 좋아했다.

"제르가디스네, 그거 나 주면 안 돼?"

어째서 머리는 철심이고 몸은 돌로 덮인, 말도 별로 없는 인물을 제일 좋아했을까? 강선은 내색하지 않았지만 누가 그림을 달라고 한 게 기뻤던지 색칠까지 해서 주었다. 역시 나쁜 녀석이 아니었다.

분명히 아직도 어딘가에 있을 텐데…… 그때 강선이 그려 준 제르가디스를 은영은 코팅해서 필통에 달고 다녔다. 그리고 그걸 보고 만화 동아리 애가 만화 축제에 다녀왔냐고 말을 걸었다. 아니라고, 강선이 그런 거라고 하자 다들 놀랐다. 만화 동아리 애들이 보글보글 몰려들었고 어느새 강선과 은영은 그 무리에 낄 수 있게 되었다. 강선은 그림을 잘 그려서, 은영은 심령 소녀라서 받아들여졌던 것이다. 학교에서 두 사람을 가장 개의치 않아 하는 무리였다. 하긴 그렇게 폭 넓고 놀라운 이야기들에 푹 젖어 사는 아이들이었으니, 쉽게 편견에 사로잡힐 리 없었다.

은영은 아직도 학교에서 만화 동아리 애들만 보면 "너흰 정말 좋은 애들이야." 하고 말해 주고 싶은 기분이 들었다. 졸업하고도 계속 만화를 좋아했으면 좋았겠지만 다른 일에 너무 자주 휘말려서 그러지 못한 게 안타까웠다.

강선은 집 앞뿐 아니라 학교에도 자주 나타났다. 따라왔다는 게 더 좋은 표현일지도 모르겠다. 유령이 시간을 보내기에 보건실만큼 좋은 데도 없어서 아이들 발치에 서서 얘는 꾀병이고 얘는 진짜 아파, 하며 감별을 해 주었다. 가끔은 이 교실 저 교실 구경도 다니고 교단이나 교무실 책상에 걸터앉기도 하고 농구대 위에 서서 일부러 공을 살짝 빗나가게도 했다. 학교는 오랜만인 모양이었다. 은영은 자잘한 훼방 정도는 눈감아 주었다.

한두 번 학교로 기어든 악령을 잡을 때도 구경을 했는데, 은영이 토막을 낸 덩어리가 강선에게까지 굴러가자 기겁을 하고 뒤로 피했다. 마치 그 덩어리에 닿으면 자기까지 악령이 될 것처럼 멀찍이 물러섰다. 은영은 혹시나 강선을 자기 손으로 부수게 될까 봐 걱정스러워지기 시작했는데, 그런 유의 걱정이 자주 그렇듯 머릿속에서는 다양한 시뮬레이션이 돌아갔다. 강선이 불쑥 나타날 때마다 불안한 마음이 커졌다.

가장 불편할 때는 인표와 함께 있을 때였다. 강선은 인표의 차 뒷자리에 길게 누워서, 혹은 극장의 좌석 팔걸이나 계단에 앉아서, 식사를 할 때 끼어서 은영의 신경을 건드렸다. 인표와 손을 잡고 충전을 하고 있을 때 "입술로 해, 입술로." 하고 낄낄거려서 80퍼센트 정도 충전이 되었을 때 그냥 놔 버리기도 했다. 무엇보다 두 사람이 한꺼번에 말할 때 은영은 몹시 피곤해졌다.

— 너도 진짜 취향 나쁘다. 관상이 벌써 뾰족하고 고집이 세잖아. 기 세면서 고집은 안 센 그런 놈은 없었어? 너는 네 인생도 피곤한데 상대를 골라도 뭐 이런 놈을…….

"내 말 듣고 있어요? 사람이 말을 하면 조금 집중해 줘야죠. 눈이 이미 이쪽을 안 보네. 지금 중요한 얘기 하잖아요."

아아아, 둘 다 닥쳐, 하고 말할 뻔한 게 한두 번이 아니었다.

그날은 기억이 난다. 은영은 얼굴을 다쳤었다. 조그만 젤리가 튀었는데 그게 그렇게 뜨거울 줄 모르고 방심했다가 데었다. 아주 뜨거운 손가락이 볼을 쿡 찌르고 간 것 같은 모양새였다. 심하게 덴 것은 아니었으나 까먹지는 못할 정도로 은근하게 이어지는 통증 때문에 은영은 저도 모르게 하루 종일 인상을 쓰고 있었다. 학교 근처에서 큰불이 난 다음이었다. 그 건물은 성매매 여성들의 숙소였는데 포주가 현관도 창문도 바깥에서 잠가 뒀기 때문에 열여섯 명이 죽었다. 폭력적인 죽음의 흔적들은 너무나 오래 남았다. 어린 은영은 살아간다는 것이 결국 지독하게 폭력적인 세계와 매일 얼굴을 마주하고, 가끔은 피할 수 없이 다치는 일이란 걸 천천히 깨닫고 있었다. 중학생이 소화하기에는 힘든 깨달음이었다. 몸에는 힘이 하나도 없고 마음은 산란해서, 방과 후 활동을 위해 만화 동아리에 가서도 좀처럼 몰입이 되지 않았다. 은영은 물론 원래 그림은 그리지 못하고 배경 선을 긋거나 먹칠을 하거나 스크린 톤을 오려 붙이는 보조 일만 했지만 그날은 그마저도 무리였다. 매끄럽고 두꺼운 만화 용지만 만지작거리고 있자, 강선이 은영을 몇 번 흘끗 보더니 앞뒤 없이 말했다.

"너는 말이야, 캐릭터 문제야."

"뭐라고?"

"장르를 잘못 택했단 말야. 칙칙한 호러물이 아니라 마구

달리는 소년 만화여야 했다고. 그랬으면 애들이 싫어하지 않았을 거야. 그 꼴로 다치지도 않았을 거고."

"만화가 아니야."

"그렇게 다르지 않아. 그래서 내가 한번 그려 봤지."

강선이 스케치 한 장을 내밀었다. 거기엔 교복을 입은 은영이 5등신 정도 되는 비율로, 치마는 좀 짧아진 채 그려져 있었다. 5등신이 기분 나쁜지 멋대로 치마를 잘라 먹은 게 기분 나쁜지 얼떨떨했다. 그 그림 속 은영의 한 손에는 무지개 깔때기 칼이, 다른 손에는 총이 들려 있었다. 은영이 뭐라 반응하기 전에 강선이 의자에 걸려 있던 커다란 가방에서 정말로 깔때기 칼과 비비탄 총을 꺼냈다. 낡고 흠집이 있는 게 분명 강선이 어릴 때 가지고 놀던 물건인 것 같았다.

"도구를 쓰라고, 멍청아."

"아."

"다치지 말고 경쾌하게 가란 말이야."

"하."

"코믹 섹시 발랄? 아무래도 섹시는 무리겠지만."

그렇게 말하면서 강선이 은영의 납작한 가슴(그리고 그 이후로 딱히 발육이 좋아지지 않았으므로 강선의 예언이 맞기도 했다.)을 삐딱하게 쳐다보았으므로 은영은 기운을 차리고 지우개를 던졌다.

캐릭터를 바꿀 수 있을 것 같았다. 장르를 바꿀 수 있을 것 같았다. 지우개가 명중하는 순간 은영은 예감했다.

그러므로 지금의 은영은 사실 강선의 설정인 셈이었다.

"칼은 부러져서 여섯 개째고, 총도 세 개째야."

하지만 강선이 처음 줬던 것들의 조각은 버리지 못하고 상자 안에 갈무리해 두었다고, 입밖으로 꺼내 말하지 않았는데도 강선이 그 상자가 있는 책꽂이 쪽을 정확히 바라보았다. 그렇게 꿰뚫어 버릴 때 죽은 사람들이 좀 얄미웠다.

강선은 짧게는 몇 시간씩, 길게는 며칠씩 사라졌다 돌아왔는데 은영으로서는 매번 다시 돌아올지 확신할 수 없었다. 그렇게 사라질 때 어디에 다녀오는 걸까 궁금하기도 했지만 이상하게 묻기 어려웠다. 온다 간다 말도 없이 훌쩍 갔다 와서는 아무렇지 않게 텔레비전을 켰다. 몇 번쯤 시행착오를 거쳤지만 강선은 텔레비전 켜는 법을 곧 익혔던 것이다. 살아생전 보던 프로그램을 챙겨 보며 즐겁게 웃었다. 그러다가 갑자기 피가 배어 나오는 배를 물끄러미 내려다보기도 했는데, 강선이 그럴 때면 은영은 안간힘을 다해 보지 못한 척했다. 피는 흐르다가 곧 사라졌고 은영의 소파를 더럽히지도 않았다. 그것은 정말 피가 아니라 피가 흘렀던 기억일 뿐이니까. 강선은 강선대로 모른 척하는 은영을 다시 모른 척해 주었다. 많이 변했다고 생각했는데 여전히 답답한 성격이구나, 은영은 스스로가 한심했다. 왜 죽었냐고, 무슨 일이 있었던 거냐고 아무렇지 않게 물어보는 직설적이고 터프한 소년 만화의 주인공이고 싶었지만 실패였다. 작은누나를 따라 나쁜 세계에 들어가 버린 걸까. 배에 결국 칼을 맞고 말았나.

─예감이 있었던 것 같아. 왜 40권, 50권씩 계속 나오는 그런 시리즈들 있잖아. 이거 나 죽기 전에 결말이 나나, 가끔 생각했었거든.

"그런 생각은 누구나 한 번씩 해."

─무덤 속에서도 결말이 궁금할 것 같은데. 아, 화장해서 무덤 같은 거 없지만 표현대로라면 말이야.

그림은 그렸니? 그렇게 좋아하던 일을 할 기회가 있었니? 은영은 묻지 못한 질문들이 새어 나가지 않도록 단단하게 마음을 감쌌다. 그 시절, 권태를 숨기지 않았던 중년의 미술 선생님은 표정이 별로 풍부한 사람은 아니었지만 슬쩍 섬세한 구석이 있어서 진학 시즌이 되면 아이들에게 이런저런 팸플릿들을 나눠 줬다. 강선에게도 만화 관련 고등학교 팸플릿을 주었는데, 경쟁률이 세고 먼 지역인 데다가 학비와 다른 비용들 때문에 강선은 고려해 볼 만한 형편이 아니었다. 가까운 실업고로 진학이 거의 확정되고 나서도 강선이 그 팸플릿을 버리지 않고 가방에 가지고 다닌다는 걸 알고 은영은 그

팸플릿을 강선의 손에 쥐여 주고 싶기도, 빼앗아서 버려 버리고 싶기도 했다. 강선에 대해서는 언제나 규명할 수 없는 감정들만 들었다.

규명할 기회를 얻지 못하고 졸업을 했다. 어색한 안부 문자가 몇 번 오가기는 했다. 하지만 끝내 다시 얼굴 볼 일은 없었다.

끝내, 라고 말한 것은 죽고 나서 보는 건 카운트하지 않으므로.

— 크레인 사고였어. 넘어오는데 그대로 깔려 버렸어. 멍청한 말이지만, 나는 그런 상황이 생기면 언제나 피할 수 있을 거라 생각했거든. 피하기는 무슨.

말끄름한 얼굴로, 이쪽을 쳐다보지도 않으면서 강선이 말해 주었다. 은영은 문득 크레인 사고 뉴스를 얼마나 자주 보았던가 되짚어 보았다. 어째서 그렇게 크고 무거운 기계가 중심을 잃고 부러지고 휘어지고 떨어뜨리고 덮치는 일이 흔하단 말인가. 새삼스럽게 받아들일 수 없이 이상한 일이라는 생각이 들었다.

— 비싸서 그래. 사람보다 크레인이. 그래서 낡은 크레인을 계속 쓰는 거야. 검사를 하긴 하는데 무조건 통과더라.

사람보다 다른 것들이 비싸다는 말을 들을 때마다 살아가는 일이 너무나 값없게 느껴졌다.

─고층부 작업하려고 최대한 늘였을 때 꺾였는데, 순식간이었어. 그때 날 그 아래서 끌어냈던 동료들이 오래 찬 바닥에 앉아서 보상금을 받아 줬어. 누나들은 그냥 포기하고 장례 치르려고 했는데 고마웠지. 큰누나가 염할 때 삼베 안 입히고 양복 입히겠다고 그렇게 고집을 부리더라. 양복 한 벌 못해 줬다고 우는데 내가 언제 양복이 필요했다고.

강선이 일하다가 죽은 그 건물은 요즘 뜨고 있는 랜드마크 주상 복합이었다. 은영도 그 앞을 지나다닐 때마다 압도적인 규모와 전위적인 디자인에 감탄했었다.

"거기서 살고 싶다고 생각했어. 사고가 있었다는 걸 얼핏 들었던 것 같기도 한데 좋아 보였어. 미안해. 언젠가 복권 같은 게 당첨되면 거기 살고 싶다고……. 네가 거기서 죽은 걸 알았다면 그렇게 생각하지 않았을 거야."

은영이 털어놓았다. 털어놓지 않아도 들킬 말들을.

─왜, 어때서. 내가 열심히 지은 집이야. 다른 누구보다 거기 네가 살면 좋지.

이제 나는 서울의 랜드마크를 보며 널 떠올리겠구나, 은영은 그것도 나쁘지 않겠다는 생각을 했다.

─내가 너 어디가 예쁘다고 말해 준 적 있었던가?

"그 비슷한 말도 해 준 적 없어."

─이마 모서리에 말야.

그렇게 말하면서 강선이 손가락으로 은영의 이마 선을 따라갔다. 은영은 그 손가락 끝에 지문도 손톱도 보이지 않는다는 걸 깨달았다. 옷에도 주름이 없고 귓바퀴도 지워지고 여러 가지 디테일들이 사라져 있었다.

— 잔머리가 꼭 구름 같아. 머리카락으로 보이지 않고 부드러운 안개처럼 보여. 그 블러 처리된 것 같은 부분이 예쁘다고 생각했었어.

"눈 코 입은 쳐 주지도 않고, 잔머리라니 뭐라는 거야. 그림도 아니고 현실의 인간한테 블러 처리라고 말하면 실례라고."

— 거기 그만두면 안 돼?

강선이 말했을 때, 은영은 가슴이 철렁했다. 하지만 사실 빠른 철렁은 아니고 철—렁이나 처얼—렁에 가까운 편이었다. 느린 하강을 감지하는 마음이랄까. 부러지거나 휘거나 쓰러지지 않으려면 직장과 주거지를 계속 옮겨야 한다는 걸 알고 있었다. 어떤 날은 그 시기가 아직 먼 것 같았고, 가끔은 그 시기가 가깝게 느껴졌으며, 우울한 날은 이미 지난 것처럼도 여겨졌다. 저승으로 가는 통로 위에 세워졌나 싶게 매번 나빠지는 오래된 학교에서 지나치게 소모적으로 살고 있었다. 강선이 보기에 떠나야 한다면 사실 떠나는 게 맞을 것이다. 하지만 만약에 지금 그만두었다가는 수십 년 후에 인표가 강선처럼 다 못 나눈 이야기를 하러 찾아올지도 몰랐다. 더 나

쁜 경우 은영이 먼저 죽어서 인표를 찾아간다면 인표는 보지
도 못할 것이었다.

"아직은 있어야 할 것 같아."

—나쁜 일들이 계속 생길 수밖에 없는 곳이야.

"나쁜 일들은 언제나 생겨."

너한테도 생겼잖아. 은영은 강선의 안타까워하는 얼굴을
최대한 차분하게 마주 보았다. 어쩔 수 없다는 듯 고개를 기
울이며 웃는 표정이 어릴 때와 다르지 않았다.

—칙칙해지지 마, 무슨 일이 생겨도.

"응."

—누나들이 조만간 조그만 가게를 차릴 거야. 거기 한번
가 줄래?

"전해 줄 말 있으면 내가……."

—그냥 들여다봐 주기만 하면 돼.

"알았어. 내가 자주 갈게."

—무슨 가게인 줄은 알고 말하냐? 작은누나가 속옷 디자
이너 됐거든. 디자인이 엄청 야해. 거길 얼마나 자주 가려고?

이번에는 은영이 웃을 수밖에 없었다. 강선과의 대화는 언
제나 은영이 조금 바보가 되어 끝났다. 더 바보가 되어도 좋
으니 가지 말았으면 좋겠다고 바랐다.

강선이 은영의 조그만 창가로 올라앉았다. 두 손바닥으로

얼굴을 잠시 가렸다. 마디가 사라진 손가락들이 곧았다.

　― 부서질 수 있을 것 같은 기분이 들어.

조금만 더 있어, 말하고 싶었지만 은영은 칙칙해지지 않으려고 노력했다. 은영은 웃는 얼굴을 유지하려 애썼는데 잘되지 않았다. 강선이 방충망에 등을 기댔다. 천천히 망 사이로 조그만 입자가 되어 흩어졌다. 그러고 나선 금방이었다.

빛나는 가루가 강선이 처음 서 있던 가로등 쪽으로 흩어졌다. 상자를 들고 달려가서 주워 담고 싶다고, 은영은 생각했지만 그러진 않았다.

대신 아주 오랜만에 울었다.

전학생 옴

전학생이 온 지는 사실 조금 되었다. 얼굴이 달처럼 둥글고 입술은 붉어서 한복이 잘 어울리게 생겼네, 싶은 전통적인 미인이었다. 사실 한복이 아니라 어느 나라 민속 의상을 입혀 놔도 잘 소화할 수 있을 것 같은 동그란 얼굴이었다. 전학생이 가족 없이 혈혈단신이라 시설에 살고 있다는 얘기는 참 빨리도 퍼졌다. 그런 얘기는 어디서 새서 어떻게 퍼져 나가는 걸까.

안은영은 전학생이 오면 되도록 얼른 달려가 살피는 편이었다. 이상한 게 꾸역꾸역 숨어드는 학교였으므로 넋 놓고 있다가는 일이 커졌다. 이번 전학생은 언뜻 보기엔 특별할 게 없어 보였다. 전학생이 은영을 보고 살짝 고개를 숙여 인사를 했지만 예의 바른 애라서 그런 줄 알았다.

그 전학생이 점심시간에 점심을 먹지 않고 보건실에 왔을 때, 다른 학생들이 몇 있었다. 전학생이 왜 왔냐는 말에 대답하지 않고 다른 학생들이 나가기를 기다릴 때부터 은영은 약간 긴장이 되기 시작했다. 보건실에 아무도 남지 않자 은영의 맞은편에 꼿꼿한 자세로 앉았다.

"저는 백혜민이라고 합니다."

그건 명찰을 보면 알아, 하는 표정으로 은영이 다음 말을 기다렸다.

"그리고 옴잡이예요."

"그게 뭔데?"

"옴을 잡아요."

"옴이 뭔데?"

어쩔 수 없다는 듯 전학생이 작은 금속 통을 꺼냈다. 아무리 봐도 휴대용 비누 캔인 것 같았는데 그 안에서 투명한, 살아 있는 무언가를 두 손가락으로 집어 올렸다.

"이게 옴입니다."

은영에겐 아주 희미한 일렁임처럼 보였다. 애를 써서 보려 해도 잘 보이지 않았다. 미묘하게 벌레 같은 느낌만 전해져 왔다.

"잘 안 보이시죠? 선생님한테도 잘 안 보이니까 옴잡이가 따로 있는 거예요."

"이거 위험하니?"

"붙었을 때 일찍 떼어 내면 괜찮지만, 오래 두면 혼이 상합니다. 100일 정도 지나면 돌이킬 수 없어요."

"잠깐, 그거 재수 옴 붙었다 할 때 그 옴인가?"

"네. 피부병을 유발하는 옴 진드기와 섞어 부르긴 하지만 원래 옴은 이쪽입니다. 뭐, 둘 다 곤란하고 해로운 건 마찬가지지만요."

"옴이 정말 붙는구나……."

볼 건 다 봤다고 생각했는데 여전히 새로운 게 나타난다. 은영은 직업적 겸허함을 느꼈다.

"주로 팔꿈치나 정강이나 고환 같은, 부딪히면 유난히 아픈 데 잘 붙어요."

"그럼 그걸 어떻게 떼는데?"

"워낙 꽉 붙어 있어서 손톱 끝으로 정확히 힘을 주어 떼어야 해요. 다리나 침이 남지 않게 천천히 떼어야 하고요."

"그다음엔?"

그러자 백혜민은 그때까지 손가락 사이에서 일렁이고 있던 옴을 입안에 넣었다. 은영이 뭐라고 하기도 전에 톡, 하고 껍질 터지는 소리가 났다. 백혜민은 몇 번 씹지도 않고 옴을 삼켰다.

"옴잡이의 위산에만 완벽하게 죽습니다."

"아, 위산이구나……."

"선생님, 이 학교에 옴들이 몰려오고 있어요. 그래서 저도 전학 왔어요."

"그거 나쁜 현상이지?"

"옴 자체는 그저 단순한 본성만 있는 놈들이니 사악하다고 말할 수 없습니다만 이렇게까지 몰리면 뭔가 나쁜 것의 전조쯤으로 볼 수 있지요."

여하튼 앞으로 잘 부탁드립니다, 하고 동그란 얼굴의 옴잡이가 인사를 하고 교실로 돌아갔다. 우호적이고 유익한 첫 만남이었지만 은영의 머릿속에선 귀여운 여학생이 투명하게 꿈틀거리는 기분 나쁜 벌레를 삼키는 장면이 여러 번 재생되었다.

"쟤라고요? 쟤 완전 평범한데?"

인표가 은영이 멀리서 가리킨 혜민을 보고 당황해했다. 쟤라고, 꿀꺽 삼키는 애라고 말해도 쉬이 믿지를 못했다.

"어쩐지 운 나쁜 사고가 계속 있더라니. 옴이란 말이죠? 나는 안 붙었나."

인표가 꼼꼼하게 옷을 털었다.

"선생님한텐 그 비슷한 거 5미터 안에도 못 들어갈걸요."

은영은 그 전날 우체국 아저씨 오토바이에 치인 남학생을 생각했다. 그것도 옴이었을까? 우체국 아저씨는 초로의 젠틀맨으로 그보다 더 천천히 운전할 수가 없었다. 그 학생은 미약하게 경사가 진 진입로에서 테니스 공으로 공놀이를 하다가 갑자기 뒷걸음질을 쳤고, 느리게 움직이는 오토바이에 치였다기보다는 엉키는 느낌으로 굴러 버렸다. 아저씨는 찰과상 정도였지만 학생은 인대가 끊어졌다. 둘 다에게 너무나도 재수 없는 사고였다. 옴이었을까. 옴이 그 애의 인대를 끊어 먹었나.

"아닌데, 저 여학생 맨날 매점에서 뭐 사 먹는 앤데."

그 많은 일을 겪고도 은영을 믿지 못하는 인표였다. 아닌 게 아니라 백혜민은 주로 매점에서 목격되긴 했다. 언제 그렇게 친구를 사귀었는지(어쩌면 아이들이 혜민이 이로운 존재인 걸 본능적으로 알아챘는지도 모른다.) 매번 다른 친구들과 다른 메뉴를 물고 계단을 오르락내리락했고 은영과 마주치면 약간 부끄러워하며 인사를 했다.

그러다가 위산 과다로 보건실에 와서 제산제를 찾을 때가 있었다.

"딸기 맛이라 쓰여 있지만 전혀 딸기 맛이 아닙니다, 이거. 거짓말 치고 있네요."

제산제 튜브를 쭉쭉 빨아 먹으며 혜민이 투덜거렸다.

"그런 습니다 말투, 요즘 애들 안 써."

"그렇습니까? 어쩐지 친구들이 놀렸어요."

"그보다 매점 음식 너무 즐겨 먹으면 몸에 안 좋아."

급식이야 원래 맛이 심심하고, 혜민이 살고 있는 시설에서 밥을 제대로 안 주나 걱정되어서 은영이 말했다.

"괜찮아요."

"안 그래도 너는 몸에 안 좋은 걸 자주 먹는걸. 옴도 딱히 건강식은 아닐 거 아냐."

"여기 옴이 너무 많아서 자꾸 위산 과다가 되네요. 먹어도 먹어도 잡아도 잡아도 끝이 없어요. 그래서 매점 자주 가는 거예요. 빈속이면 더 쓰리니까 먹는 거지 매점 음식이 좋아서 먹는 게 아닙니다!"

백혜민이 강변했지만 이번에는 은영이 거짓말 치고 있네, 하고 생각했다.

"건강을 좀 생각해야지."

"어차피 인간이 아닌데요."

"뭐? 아니야?"

"아닙니다."

"완전히 인간인데? 내 눈에는? 아니, 내 눈에도?"

"아닙니다."

"어떤 면에서?"

"저는 난데없으니까요."

은영이 멍하게 혜민을 바라보았다. 혜민이 귀찮아하면서 설명을 이어 갔다.

"정말로 난 데가 없어요. 부모가 없어요. 그냥 어느 날 눈 뜨면 존재하고 있습니다. 항상 이 근처에서 태어나요. 23.8제곱킬로미터 안에서 늘 태어났습니다. 행정 구역은 많이 바뀌었지만 말입니다."

"언제부터 태어났는데?"

"하북 위례성 때부터 기억이 나요."

은영은 이제라도 혜민에게 존댓말을 써야 할까 심각하게 고민했다.

"몇 번이나 그 뒤로……?"

"계속 연이어 태어난 건 아니고, 옴이 번질 때에 맞추어 태어나는 편이라 마흔여덟 번째인가 아홉 번째인가."

"혹시 그럼 누가 어디 가서 어떻게 하라고 지시라도 해 주는 거니?"

묻는 은영의 목소리에서 어떤 기대감을 느꼈는지, 혜민이 붉은 입술로 웃었다. 환생에 환생을 거듭한 이 여자애는 틴트 따위 필요 없겠다는 생각이 들었다.

"그런 거 없어요. 선생님이나 저나 그냥 시스템의 일부예요. 컴퓨터를 배우면서 알았습니다. 버그가 생기면 패치가 나와요. 우리는 그겁니다. 저는 옴을 잡고, 선생님은 사람의 악기(惡氣)를 잡으면서 에러를 수정하는 거지요. 최근에서야 깨달았는데 제 경우는 거의 NPC* 같습니다."

은영은 내심 열심히, 열심히 사람들을 지키고 돕다 보면 흰 수염을 기르거나 옥비녀를 꽂은 누군가가 어느 날 찾아와 "고생했어, 이제 여생을 좀 즐기며 살아." 하고 칭찬하며 해방시켜 주길 바라 왔던 것이다. 백혜민의 입에서 그런 존재는 없다는 말이 나오자 알고 있었으면서도 약간 기운 빠졌다.

"여튼 제 걱정은 하지 마세요. 저는 이제 2년 반 남았어요."

"뭐가 2년 반?"

"수명이요."

"그럴 리가."

"지지난번에 태어났을 때까지만 해도 꽉 채워 스무 살을 살면 그렇게 짧게 사는 거 아니었거든요. 역병도 안 걸리고 스무 살이었으니까요. 요즘 애들은 참 안 죽고 잘 삽니다."

하지만 시스템은 그걸 모른다. 업그레이드가 되지 않아서 백혜민의 수명은 그대로 짧다는 얘기였다. 은영은 스무 살에 끝나 버리는 인생을 가늠할 수 없었다. 옴잡이가 아닌 보통 사람도 때 이른 죽음이야 종종 맞이하지만, 그걸 반복하는

---

* Non-Player Character.

건 또 다른 문제였다.

역시 저 바깥에는 아무도 없다. 아무도 구해 주러, 잘 버텼다고 칭찬해 주러 오지 않는다. 그날 저녁 은영은 혜민과 패스트푸드를 먹기로 했다.

운동장 조회 시간이었다. 나가지 않아도 아무도 못 알아챌 거라 생각하고 몇 번 안 나갔다가 주의 쪽지가 날아와서 요즘은 얼른 나가는 은영이었다. 방송으로 하면 딴짓이라도 할 텐데 운동장 조회가 있는 날은 꼭 화창했다.

교장 선생님 훈화 말씀은 어째서 시대가 바뀌어도 이렇게 늘 재미가 없을까. 교장 선생님 대상으로 누군가 재미있게 말하기 연수 프로그램을 좀 짜든가, 그도 아니면 짧게 말하기라도 하도록 방침이 내려왔으면 좋겠다고 은영은 투덜거렸다. 어쩌면 웬만해선 재미있는 사람들이 교장이 못 되는 건지도 모른다. 드물긴 해도 어딘가에는 분명 재밌는 교장 선생님이 있는 학교가 있을 텐데 다음번에 취직할 때는 알아보고 해야겠다, 그런 얘기를 얼핏 했더니 인표가 "우리 집안 아저씨예요. 까지 마세요." 해서 뜨악했더랬다. 좋지도 않은 학교 뭐라고 족벌 경영이냐, 빈정거리고 싶었지만 꾹 참고 디저트를 먹었다.

학생들이 줄 서 있는 사이로 어슬렁어슬렁 다니면 신입생들은 좀 긴장하지만 2학년부터는 은영이 위협적인 존재가 아닌 걸 이미 알고 있으므로 계속 떠든다. 은영도 애들을 조용히 시키러 다니는 건 아니었다. 눈에 띄는 이상 징후가 없나 둘러보는 느슨한 스캔이었다. 마침 백혜민이 있는 반 뒤를 지날 때였는데, 혜민이 작업 중인 것 같았다. 은영은 흥미롭게 지켜보았다. 혜민은 고개도 삐딱하고 어깨도 기운 남학생의 뒤에 바짝 서서(아마도 줄을 설 때 일부러 애를 쓴 것일 테다.) 막 옴을 한 마리 잡아냈다.

"야, 너, 왜 남학생 줄에 서 있어?"

자를 들고 오락가락하던 법과정치 선생이 혜민을 포착했다. 아이고, 쟤는 건드리지 말지, 은영은 끼어들지도 못하고 어물쩍 멀리 섰다. 늘 꼴통이라고 생각했던 선생이었다. 왜 제일 꼴통이 법과정치를 가르치는 건가, 그런 과목일수록 좋은 사람이 가르쳐야 하는 게 아닌가 생각이 들게 하는 그런 종류의 인간 말이다.

"입에 든 게 뭐야?"

"아무것도 아닌데요."

"입이 불룩하잖아. 이게 조회 시간에 뭘 먹어? 뱉어!"

백혜민은 기분이 매우 상한 얼굴이었다. 미처 삼키지 못한 옴이 사탕처럼 불룩했다. 약간 움직이기까지 했다. 그대로 깨물었다간 소리가 날 텐데, 은영은 긴장했다.

백혜민이 입을 벌리고는 혀로 살짝 옴을 밀어냈다.

그 순간 은영은 분명 보았다. 팅, 하고 작은 일렁임이 법과 정치 선생에게 점프해 가는 것을. 그리고 벌점을 받는 중에도 옴잡이 소녀는 붉은 입술로 엷게 웃었다. 아마 아주 위험해지기 전까지는 꼴통 선생에게서 옴을 떼어 주지 않을 것이다.

조금만 괴롭히고 떼어 주라고 종용해야겠다. 저 녀석, 위험해.

선생님, 하고 듣기 좋은 목소리로 부르며 백혜민이 보건실 문을 열고 들어왔을 때 은영은 습관적으로 제산제를 꺼냈다.

"아뇨, 오늘은 그거 아니에요. 생리통."

"저런."

기왕 옴잡이로 만들었으면 저런 불편은 좀 없애 줬어야 하는 거 아닌가, 은영은 시스템의 뚫린 부분에 대해 생각했다. 섬세하지가 못해, 쯧쯧. 배려가 없어, 쯧쯧쯧. 진통제를 건네주며 물도 따라 주었다. 평소에 은영은 물 따위 따라 주지 않는다.

"여자로는 처음 태어났습니다."

"마흔 몇 번 태어나면서?"

침대에 구겨지듯 고꾸라진 자세에서 물끄러미 백혜민이 은영을 보았다.

"여자로 여기저기 돌아다니고 여자로 다른 사람 슬쩍 만지는 거, 할 수 있게 된 지 얼마 안 됐어요. 게다가 전란 시에는 강간 살해의 위험도 훨씬 높습니다. 제 선택은 아니었지만 지금까지는 자동으로 늘 남자였어요."

"그래서 여자로 태어나니까 어때?"

"새로워요. 생리통 빼고는 거의 좋습니다."

남자였을 때에도 저렇게 동그란 얼굴에 붉은 입술이었을까. 은영은 물어보고 싶었지만 아무리 옴잡이라도 외모에 민감한 나이니까 참았다.

"호전적인 기분이었습니다. 죽을 날이 가까워지면 맨 앞에서 싸웠어요. 어찌되든 상관없었으니까 어리고 무모한 병사였습니다. 전란 없는 시대는 살아 보지 않았습니다. 찾기만 하면 지척에 있었습니다. 그런데 이번에는 그런 기분이 들지 않아요."

"처음 여자로 태어났고, 처음 평화롭구나?"

"네."

살고 싶어요, 하고 백혜민의 얼굴이 말하고 있었다. 스무 살을 넘기고도 살아 보고 싶어요. 은영은 사실 그 전부터 혜민의 그런 마음을 알아채고 알아보고 있는 중이었다.

커뮤니티 활동을 하지 않는다는 게 은영의 한계였다. 아무하고도 친하지 않았다. 그런 쪽의 커뮤니티란 여차하면 블랙마켓이 되어 버리고 마니까 말이다. 연락하기 싫은 사람에게 연락해야겠구나, 은영은 마음 어디가 푹 꺼지는 기분으로 생각했다. 모르는 적보다 아는 적이 그나마 나으니까.

매켄지는 은영의 연락을 무시하지 않고 다음 날 바로 학교로 찾아왔다. 그냥 온 것은 아니고 보란 듯이 커다란 차를 끌고 나타났다. 인표의 차와 부딪치면 인표 쪽이 반파될 것 같은 대형 세단이었다. 차에서 내리는 매켄지는 딱 보기에도 새것인 송치 가죽 재킷을 입고 있었는데, 보는 능력이 있으면서 어미 배 속의 새끼를 꺼내 만드는 가죽을 택하다니 그런 점이 너무나 매켄지다웠다. 보는 능력이 없는 사람이라면 잔인한 공정의 가죽 제품이나 기름을 지나치게 많이 먹는 차에 무딜 수 있다. 하지만 뚜렷하게 보는 사람이 하는 선택치고는 가장 나쁜 선택이라는 생각을 지울 수 없었다. 누군가는 매켄지의 변화를 두고 신수가 훤해졌다고 할 테지만 은영에겐 그 길지 않은 시간 동안 어마어마하게 탁해진 게 보였다. 선한 규칙도, 다른 것보다 위에 두는 가치도 없이 살 수 있다고 믿는 사람 특유의 탁함을 은영은 견디기 어려웠다.

"뭐 저런 걸 불렀어요?"

혜민도 한숨을 쉬며 말했다. 매켄지는 매켄지대로 다짜고짜 다가와 혜민의 입을 벌렸다. 스마트폰의 플래시로 입안을 비추었다. 혜민이 항의의 몸짓으로 고개를 비틀었지만 놔주지 않았다.

"버그 이터(bug eater)?"

매켄지가 인상을 찌푸리며 물었다

"뗄 수 있어? 옴잡이인 부분을 떼서 그냥 보통으로 만들어 줄 수 있어?"

"못 떼어 내. 인간이어야 뭘 떼도 되지. 씨앗으로 뗄 수 있는 수준이 아냐. 아예 위를 떼어 내든가."

심드렁하게 매켄지가 물러섰다.

"비용을 들여도 방법을 못 찾습니까?"

인표가 흥정을 붙였다.

"우와, 너무해. 나 상처 받아요. 홍 샘, 저 돈만으로 움직이지 않아요. 교포니까 미국식으로 돈 좋아할 거 같아요?"

은영은 이민 간 친척들을 떠올리며 속이 상했다. 내가 너를 싫어하는 것은 네가 계속 나쁜 선택을 하기 때문이지 네가 속한 그 어떤 집단 때문도 아니야. 이 경멸은 아주 개별적인 경멸이야. 바깥으로 번지지 않고 콕 집어 너를 타깃으로 하는 그런 넌더리야. 수백만 해외 동포는 다정하게 생각하지만 너는 딱 싫어. 그 어떤 오해도 다른 맥락도 끼어들 필요 없이 누군가를 해치는 너의 행동 때문에 네가 싫어. 은영이 바늘 끝처럼 마음을 뾰족하게 만들었다. 미워하는 마음에는 늘 죄책감과 자기 검열이 따르지만 매켄지에 대해서는 그렇지 않았다. 매켄지를 미워하는 데에는 명쾌하고 시원한 부분까지 있었다.

"2억 주면 한번 하는 데까지 해 볼게요. 버그 이터를 건드리는 거 다들 안 하려고 해요. 버그 이터들이 줄어들어서 뉴욕에 베드 버그가 창궐하고 일본에 살인 진드기가 난리였던 거 몰라요? 어려운 일이에요. 2억에서 엑스트라가 조금 붙을 수도 있는데 되도록 붙지 않게 해 줄게요."

계산이 끝났는지 싱글싱글한 표정으로 매켄지가 말했다. 은영과 인표, 혜민은 잠시 2억이라는 금액을 각자 가늠하며 서 있었다.

"아, 사양하겠습니다. 그냥 제가 한 번 더 죽었다 또 태어날게요. 별일 아닙니다. 그렇게 폐 끼칠 수 없어요."

일단 가만있어 봐, 하고 인표가 당황해하는 혜민을 진정시켰다. 어떻게 하면 가족들 몰래 2억을 끌어올 수 있을까 머리를 굴리며 매켄지에게 작게 고개를 끄덕였다. 분명 어딘가에 비자금이 있을 것이다. 사학 재단인데 없을 리 없다. 어머니 그림을 좀 몰래 가져다 팔까. 한두 점 없어진다고 금방 탄로 날까? 그래도 2억이면 조금 큰 그림을 팔아야 할 텐데, 싶어 머릿속에서 리스트를 작성하고 있는데 매켄지가 계좌번호를 불러 주었다.

"계좌번호는 참 리드미컬해요. 그래서 잘 외워지는 것 같아요. 그렇죠?"

다행히 이번에는 인표의 허릿단을 잡고 늘어지지 않고, 매켄지는 순순히 학교를 벗어났다. 선팅이 진하게 된 세단이 세단답지 않은 경박스러운 턴을 하며 학교를 빠져나갈 때까지 세 사람은 조용했다.

"돈은 어떻게 될 거예요. 문제는 저 친구를 믿을 수 있는가 하는 점이지."

인표가 말했다.

"저는 진짜 괜찮습니다. 더 살 수 있으면 일단 대학도 가야 하고 취직도 해야 하고 골치 아파집니다. 선생님들한테 돈 받을 수 없어요."

백혜민이 다시 한 번 거절의 뜻을 밝혔다. 그러자 그때까지 유난히 말이 없던 은영이 지금까지 인표가 한 번도 본 적 없는 음흉한 미소를 지었다.

"저 새끼, 지가 엄청 머리 좋다고 생각하지만 더럽게 멍청해요. 돈 부칠 생각 하지도 마세요. 우리, 필요한 정보 이미 다 얻었어요."

"충분히 내과적으로 치료가 가능한 위궤양인데. 출혈은 좀 있지만 아직 천공이나 협착은 없어서 천천히 치료할 수 있어요. 그런데 대체 왜 위 절제를……"

오동호 교수는 얼굴이 흰 여학생과 그 뒤 대각선으로 앉은 은영을 이해할 수가 없었다. 이 정도의 위궤양을 가지고 3차 병원, 게다가 외과까지 오다니 대체 어떻게 진료의뢰서를 받아냈는지 궁금할 정도였다. 학생은 꼬리가 긴 눈을 슬쩍 내리떴고 은영이 입을 열었다.

"선생님, 아시잖아요. 제가 부탁을 드릴 땐 이유가 있다는 걸요."

오 교수는 물론 그런 부분을 예상했다. 안은영이 이 병원에서 일할 때 신세를 진 적이 있었기 때문이다. 살고 싶은 사람들의 마음이 교수의 등에 탑처럼 쌓여 디스크가 왔었다. 디스크에 좋다는 시술들을 가리지 않고 받았고 수술도 한 번 받았는데 재발해서 고생, 고생을 하던 때에 안은영이 도와주었다. 사람 없는 복도에서 마주친 날 은영이 이상한 플라스틱 막대로 미친 듯이 등을 때렸을 때는 사실 좀 충격을 받았지만 그날 이후로 등허리가 나았다. 놀라워하는 오 교수에게 은영이 했던 말을 어려운 선택 앞에 놓일 때마다 자주 복기한다. 은영은 말했었다. 일을 열심히 하는 건 좋지만 거절도 할 줄 아셔야 해요. 과도한 업무도 번거로운 마음도 거절할 줄 모르면 제가 아무리 털어 봤자 또 쌓일 거예요. 노, 하고 단호하게 속으로라도 해 보세요.

"노, 라고 말하면 어쩔 셈인가?"

은영이 느긋하게 저한테 이러실 거예요, 하는 표정으로 고개를 틀었다.

"은영 씨라면 분명 이유가 있겠지만 이렇게 젊은 환자 위를 어떻게 통째 떼어 내라는 거야. 학생, 위를 떼어 내면 얼마나 힘든 줄 알아요? 몸 전체에 영향이 와요. 당연한 거잖아요? 밥도 조금밖에 못 먹고 수분 흡수하는 속도가 뒤틀리면 구역질도 날 수 있고 저혈당 오면 무서워요. 정말 심각한 사람들만 떼는 거예요. 대체 왜……."

"저 죽습니다."

진료실의 조명을 반사시킬 듯 흰 얼굴로 앉아 있던 백혜민이 말했다.

"이 정도 위궤양으로는 안 죽……."

"죽습니다."

오 교수는 혜민의 얼굴에서 어떤 간절함을 읽었다. 안은영이는 갑자기 병원을 그만두고 학교로 가더니 대체 뭘 하고 다니는 걸까. 오 교수는 호기심을 느꼈다.

"선생님, 선생님이 거절하시면 다른 선생님을 찾아다니겠지요. 하지만 저와 저의 사정을 아시는 분들도 아니고 다들 거절하실 거예요. 그럼 저와 이 친구는 무면허 의사의 믿을 수 없는 수술실에 가야 할지도 몰라요. 저는 꼭 선생님이 해 주시면 좋겠어요. 최고시잖아요."

"······몰라요."

"선생니임."

"은영 씨, 그럼 1년에 한 번씩 나 털어 주러 오기다?"

"요즘도 허리 아프세요? 많이 안 쌓였는데."

"거절을 못했으니 또 쌓이겠지."

알았어요, 하며 은영이 웃었다. 신윤복이 그렸을 법한 여자애도 같이 웃었다. 오 교수는 도무지 거절하기 힘든 콤비였으니 어쩔 수 없었다고 스스로를 위안하며 수술 일정표를 열었다.

백혜민은 천천히 마취에서 깨어났다. 잘 기억나지 않지만 약에 취해 이상한 말들을 했던 것 같다. 보건 선생님과 한문 선생님이 낮게 웃던 소리가 귓가에 남아 있었다. 아주 부끄러운 말들이 아니었다면 좋겠는데, 바라면서 혜민은 눈을 떴다.

목이 말랐고, 추웠고, 머리가 아팠고, 뭐라 말할 수 없는 '수술 냄새'가 났지만 타는 듯한 감각은 사라지고 없었다. 따갑게 녹아내리며 출렁거리던 저 안의 벌레잡이 통이 사라졌다.

"만지면 안 되지."

자기도 모르게 손이 가슴께로 갔었나 보다. 은영이 부드럽게 만류했다.

"어때? 괜찮은 거 같아?"

인표는 아직도 불안한 모양이었다.

"저 뭐라고 했어요? 뭐라고 했던 것 같은데."

남의 것 같은 혀를 움직여 겨우 묻자, 두 선생님이 다시 웃었다.

"대학생이 되고 싶어!"

"이럴 줄 알았으면 공부 좀 해 둘걸!"

선생님들의 성대모사를 들으며 혜민은 부끄러워서 기절하고 싶었다. 되면 되지, 이제부터 하면 되지 하고 응원받았지만 마음이 조급해졌다. 살아간다는 거 마음이 조급해지는 거구나. 욕심이 나는 거구나. 얼떨떨한 상태에서 오래된 옴잡이의 마음이 점점 어려졌다.

옴들이 어떻게 되었는지는 아무도 모른다. 수술 후에도 혜민의 눈에 옴이 보일 때가 있었지만 점점 희미해졌고 드물어졌다. 어쩌면 다른 옴잡이가 태어났는지도 모르고 옴 때가 사그라들었을 수도 있다.

"너랑은 이제 상관없어. 옴잡이가 아니잖아. 설사 옴이 창궐한다 해도 네 책임이 아니야."

은영이 말해 주었다. 마흔 몇 번 옴을 잡으며 살았으면 세상에 베풀 친절은 다 베푼 거라고도 했다. 고전적인 얼굴로 어마어마한 현대를 살아가는 데에만 집중하라는 충고에는 일리가 있어서 혜민은 새겨들었다. 인표는 혜민을 위해 졸업생 장학금을 한 종류 더 만들었는데, 그 마음이 고마워서 울면서 공부를 했다.

여담이지만 졸업 후에도 자주 연락해 오던 혜민이 한동안 소식이 없다가, 역사가 유구한 해충퇴치방제 회사에 입사했다고 자부심과 기쁨이 가득한 얼굴로 찾아왔을 때 두 교사는 약간 당황하고 말았다. 좋은 회사라는 건 들어 알고 있었지만 왜 또, 대체 왜 굳이.

두 사람의 당황해하는 얼굴을 보며 혜민이 붉은 입술로 웃었다.

온건 교사 박대흥

박대홍은 M고의 역사 교사 네 사람 중 막내였다. 그래서 선배들이 교육과정 개편에 따라 바뀌는 교과서의 평가와 선정을 맡겼을 때 그저 업무를 하나 더 맡았다고 생각하고 순순히 받아들였다. 대홍이 8종의 교과서들을 살핀 기준은 서술이 정연한지, 수록된 자료가 정확한지, 학생들이 학습하기에 편리한지였다. 다른 과목도 그런지, 역사가 유난히 까다로워선지 교과서 교정은 10교까지 본다는데도 가끔 오류가 있어서 면밀하게 살펴야 했다. 고심해서 순위를 매기고 나니 상위 1, 2, 3순위는 사실 어느 책을 골라도 상관없을 만큼 수준이 괜찮았다. 다른 학교에 있는 동기들에게 연락해 보니 다들 비슷하게 고른 것 같아 안심하고 제출했다.

그리고 교장에게 호출이 왔다.

"박 선생, 빨갱이야?"

교장실에 들어서자마자 얼굴이 붉어진 교장이 냅다 소리를 질렀다. 어느 쪽이 빨갛냐면 교장 쪽인 것 같았다.

"네?"

"데모했어? 대학 다닐 때?"

"아뇨. 안 했는데요."

정말로 하지 않았다. 역사교육과는 어느 학교든 가장 사회운동에 앞장서는 편이긴 했는데 그도 그럴 것이 역사를 조금만 공부하면 사회가 역사적으로 순방향을 향하는지 역방향을 향하는지 분명히 보이기 때문이었다. 그 정치적 성향이 분명한 과에서 대흥은 언제나 가장 온건한 축이었다. 민감한 이슈에 대해 앞서서 구호를 외칠 만한 성격이 못 되었다. 타고난 게 그랬다. 대흥의 부모님도 온건한 성격이셨고 조부모님들도 마찬가지였다. 대흥은 어디까지 거슬러 올라갈지 스스로도 짐작할 수 없는 온건함의 계보 끄트머리에 서 있었다. 대흥의 마지막 여자 친구는 헤어지기 직전, 그런 대흥을 두고 '더치커피처럼 더디고 차갑고 카페인이 없다'고 폭언을 퍼부었는데 더치커피를 좋아하는 대흥이어서 더 상처가 컸다.

"그런데 왜 K 교과서를 꼴찌로 매겨 놨어?"

"질이 너무 떨어지던데요?"

한참 언론에서 논란이 되고 있는 친일이나 독재 옹호 문제도 심각한 문제지만, 그 부분을 빼고도 전반적으로 질이 형편없다는 게 대흥의 솔직한 평가였다. 일관성이 없는 서술에 내용도 듬성듬성했고 자료라고 모아 놓은 것들의 출처는 엉망이었다. 기본 개념을 틀리게 설명한 부분까지 쉽게 찾을 수 있어서 전혀 고민 없이 탈락시킨 교과서였다.

"박 선생이 이래 놓으면 내가 사립 교장 모임에 나가서 얼굴이 설 것 같아?"

"……다른 학교도 채택하지 않을 것 같은데요."

"그럴 때 우리 학교가 먼저 채택하면 얼마나 보기 좋겠어?"

"아뇨, 그렇진 않을 것 같습니다."

"허, 내가 박 선생을 잘못 봤구먼. 아주 잘못 봤어. 다시 검토해!"

"제가 하면 몇 번이고 같은 결과일 겁니다."

이제는 대흥도 슬슬 기분이 상하기 시작했다. 대흥의 전문 영역을 침해당했을 뿐 아니라, 합리적인 선택을 두고 어떤 정치적 편향의 결과물이 아니냐고 터무니없는 공격을 해 왔으니 말이다. 다혈질인 선배 교사였다면 똑같이 언성을 높였겠지만 대흥은 이 같은 상황에서 머리가 더 차가워지는 타입이었다. 교육을 자꾸 교육 아닌 것들이 방해하니 답답했다. 교장실에서 나와서 교무실로 돌아가는데 한숨이 열다섯 번쯤

나왔다.

"우린 이미 다 교장 샘한테 찍혀서 어쩔 수 없어. 그래서 대흥 샘한테 맡긴 거야."

상황을 설명하고 다른 선생님에게 교과서 채택을 넘기려 했지만 좀처럼 아무도 받아 주지 않았다. 선배들은 교과서만 떠넘긴 게 아니라 교장을 떠넘긴 거였다. 그걸 뒤늦게야 깨닫다니 억울했다.

"저는 갈등 상황에서 그렇게 뛰어난 사람이 아니에요. 어째야 할지 모르겠어요."

"그냥 다시 검토했다고 하고 대충 2순위나 3순위로 해서 올려. 어차피 최종 채택만 안 하면 되잖아. 교장 샘도 그러면 자존심 세웠다 생각하고 넘어가실 거야."

"어떻게 그런 걸 2순위나 3순위로 올려요?"

"2순위나 꼴찌나 무슨 차이야."

"차이 있죠. 그랬다가 교장 샘이 1순위나 2순위나 무슨 차이냐고 하시면 어쩌게요?"

가장 친한 선배마저 전혀 위안이 되지 않았다. 박대흥은 그날부터 악몽을 꾸기 시작했다. 태어나서 한 번도 꿔 본 적 없는 반복되는 꿈이었다.

다양한 해석의 여지가 없이 악몽이었다. 꿈속에서 대흥은 수업을 하고 있었다. 대흥은 일곱 개 반에 수업을 하므로, 처음 두 반 정도는 덜 매끄러울 때가 있어도 뒷반에 가면 거의 자동으로 수업을 진행할 수 있었다. 연극을 해 본 적은 없지만 아마 연극배우들이 공연 말미에 가면 그런 상태가 되는 게 아닐까 가끔 상상했다. 몸으로 익힌 완벽한 몰입의 상태 말이다. 그렇게 기분 좋게 수업을 하다가 칠판에 판서를 하고 돌아서면 학생들이 바뀌어 있었다. 그때부터가 악몽이었다.

처음에는 분명 평상시의 학생들이었는데 돌아보면 죽은 사람들이 앉아 있었다. 무서운 모습을 하고 있지는 않았다. 하지만 하고 있는 복색이나 풀린 눈, 벌어진 입이 어떻게 봐도 오래전에 죽은 사람들이었다. 모두 세피아 색이었다. 세피아 색이라는 말을 몰라서 대흥은 카메라 앱에서 찾아보기까지 했다. 뭐라 말할 수 없이 세피아 색.

마치 교과서에 실린 사진들이 띠는 그런 갈색.

그러면 목이 확 마비되었다. 돌려서 잠그는 수도꼭지 같은 걸 풀리지 않을 때까지 잠근 것처럼 한마디도 나오지 않았다. 대흥은 기침을 하려고, 어떻게든 다시 목을 틔우려고 교탁 모서리를 쥐고 노력하지만 불가능하다. 1분단에서 4분단까지 가득 채운 죽은 사람들은 그런 대흥을 말없이 지켜볼 뿐이다. 죽은 사람들이 더 두려운지, 목소리가 나오지 않는 게 더 두려운지 대흥은 판단하기 어려웠다. 그도 그럴 것이 건강한 성대는 대흥이 교사로서 가지는 자신감의 꽤 큰 일부였기 때문이다. 목소리가 좋고 나쁘고의 문제가 아니라, 수업을 많이 해도 쉽게 쉬거나 잠기지 않는 지구력 있는 성대를 가졌다는 것 말이다. 성대결절로 고생하는 동료들이 적지 않은데 목이 망가지면 다른 좋은 자질들이 아무리 많다 해도 교사 생활이 힘들어진다. 대홍은 아침이면 소스라쳐 목을 쥐고 깨어났다. 아, 아아, 아아아. 깨어나면 목소리를 확인해 보았는데 어쩐지 평소보다 막힌 소리가 났다. 침을 삼키기가 어렵고 껄끄럽게 느껴졌다.

죽은 사람들이 항의를 하고 있는 걸까. 협박을 하는 걸까. 며칠째 악몽이 이어지자 미신을 믿지 않는 대홍으로서도 그렇게 생각할 수밖에 없었다.

"며칠 전에 일이 좀 있으셨다 들었습니다."

교직원 식당에서 앞자리에 홍인표가 앉으며 말했을 때, 대홍은 고충 처리반이 떴다는 걸 깨달았다. 공식적인 건 아니었지만 인표가 하고 있는 역할이 딱 그거였다. 이로써 교장과 대홍의 반목이 학교의 비공식적이지만 대대적인 문제가 되었다는 것이 분명해졌다. 대홍은 식욕이 떨어졌다.

"아뇨, 뭐……."

"저도 말을 꺼내 봤는데 예상보다 완고하시더라고요."

인표가 살짝 찌푸리며, 교장을 대놓고 욕하지 않는 선에서 은근한 불만과 동조를 표시해 왔다.

"더 솔직히 말씀드리자면, 교장 선생님께서 주장하시는 바는 우리 학교 교풍과는 별로 맞지 않다고 생각합니다. 그런 교과서가 채택된다면 돌아가신 창립자께서 상심하실 거예요."

대홍은 인표가 자신의 할아버지를 창립자라고 약간 멀게 부르는 점이 마음에 들었다. 모두가 알고 있다 해도 적당한 자세를 취한다는 점에서 신중해 보였다. 대홍도 창립자에 대해서는 어느 정도 찾아본 게 있었는데, 1920년대에 태어나 2000년대에 죽을 때까지 큰 오점 없는 삶을 살았다는 점에서 존경할 만한 인물이라고 판단했었다. 대홍이 생각하기에 20세기는 오점 없이 살기 쉬운 세기가 아니었다. M고의 채용 공고가 났을 때, 더 좋은 학교를 제쳐두고 지원한 것은 창립자가 괜찮은 사람이니 교풍도 괜찮지 않을까 하는 기대 때문이기도 했다.

"보건실에 홍차가 맛있는 게 있던데, 같이 가지 않으실래요?"

평소라면 완곡히 거절했을 테지만 대홍은 어쩐지 인표의 권유에 슬그머니 넘어갔다. 고충이 있으니 고충처리반을 따라가자고, 충동적이 되었던 것이다. 정말로 와르르 고민들을 털어놓을 셈은 아니었지만 식후 차 한잔 정도는 도움이 될지 몰랐다.

보건실에 가니, 평소 인표와 사귀는 사이라는 소문이 공공연한 보건교사가 이미 물을 올려 놓고 있었다. 평소 건강 체질인 대홍은 보건실에 발을 들이는 게 처음이었다. 학교에 익숙해질 대로 익숙해졌다고 여겼는데 여태 와 보지 못한 공간이 남아 있었구나, 새삼 신기해하며 보건실 안을 둘러보았다.

보건교사의 책상 위에는 평면도가 펼쳐져 있었다. 딱 보아도 학교의 평면도였다.

"학교네요?"

대홍이 호기심을 가지고 물었다. 아 그거요, 하고 간이 테이블에서 차를 내리던 은영이 대홍을 돌아보았다. 그러더니 말할지 말지 잠시 망설이는 표정을 했다.

"사실 제가 악몽을 꿔서요. 학교에 갇히는 꿈을 계속 꾸네요. 이상하죠?"

"이상할 게 뭐 있나요."

대홍은 보건교사도 나름 스트레스가 많나 보다, 하고 고개를 끄덕여 주었다.

"그렇게 잘해 줘도 학교에 불만이 많으시다니, 섭섭하네요."

인표는 대홍처럼 받아 주지 않고 투덜거렸다.

"그런데 왜 학교 지도를……?"

"아, 제가 어디서 읽었는데 꿈속에선 공간 감각이 뒤틀리잖아요. 그래서 깨어 있을 때는 익숙한 공간에서도 갇히거나 길을 잃거나 하는 경우가 많으니, 그런 악몽을 꿀 때는 자기 전에 그 공간을 그려 보거나 거기 화살표를 표시해 보거나 하면 도움이 된대요."

"그렇군요."

대홍은 닷새째 죽은 사람들이 앉아 있는 교실 꿈을 꾸었으므로, 그 교실에서 빠져나갈 수 있으면 좋지 않을까 싶었다.

"그 평면도는 어디서 구하셨어요?"

"어? 대홍 샘도 필요하세요? 제가 한 장 드릴까요?"

인표가 냉큼 끼어들었다.

"네……. 사실 저도 교실에 갇히는 것과 꽤 비슷한 꿈을 꿀 때가 있어서요."

갇힌 것은 이쪽일까, 죽은 사람들 쪽일까 궁금해하며 대홍은 인표의 제안을 받아들였다. 언젠가 인터넷에서 다양한 방식으로 자각몽을 시도하는 사람들의 이야기를 읽은 적이 있었다. 시도해 볼 만하다고 생각했다. 아무것도 시도하지 않으면 악몽이 언제까지 계속될지 도무지 알고 싶지 않았다.

그날 밤, 학교의 평면도를 침대 곁 스탠드에 두고 몇 번이나 들여다본 다음 잠들었다. 평면도의 효과인지 자기 암시의 효과인지 이번에는 꿈에서 교실 문을 나설 수 있었다. 그런데 죽은 사람들이 따라왔다. 대홍이 앞문을 열자, 죽은 사람들이 한꺼번에 일어서며 의자들이 바닥을 긁었다. 그 소리가 꽤 진짜 같아 놀랐다. 대흥의 뒤를 따라 갈색 사람들이 복도로 쏟아졌다. 혹시 달려들까 걱정했는데, 그러지는 않았고 적당한 거리를 두고 발을 끌며 따라왔다. 다행히 꿈속의 공간은 실제의 학교와 그렇게 다르지 않았고 없는 모퉁이가 생기거나 열리지 않는 문이 가로막거나 해서 길을 잃는 일도 없었다. 대흥은 침착하게 머릿속의 지도를 따라 움직였고, 조금은 피리 부는 사나이가 된 기분이었다.

서쪽 현관의 유리문을 열었다. 그러자 꿈이 아닌 것처럼 바깥 공기가 들어왔다. 죽은 사람들에게서 나는 방치해 둔 서예도구 냄새라 할지, 상한 먹 냄새랄지 하여튼 그 낯선 냄새가 희미해졌다. 냄새라니. 꿈에서 냄새의 변화를 느끼다니. 나는 이렇게 생생한 상상을 하는 사람이 아닌데. 대흥은 꿈속에서도 이상하다고 생각했다.

"이제 나가세요. 교과서 문제는 잘 알아들었습니다. 걱정하시지 않도록 잘할게요."

교실을 나설 때부터 목이 졸리는 느낌이 점차 사라지더니, 말을 하자 제대로 말이 나왔다. 그것만으로도 한시름 놓이는 기분이었다. 그러나 죽은 사람들은 현관을 빠져나갈 기색이 없었다. 여전히 오래된 사진 속의 표정을 하고 서 있었다.

"그럼 대체 어디로들 가시고 싶은 거예요? 말씀해 주시면 안 돼요?"

말이 없는 얼굴들 앞에서 좌절감을 느끼기 시작할 때 눈이 떠졌다. 마치 그들이 대흥을 놔 준 것처럼 단숨에 잠이 깼다. 스프링처럼 상체를 일으켰을 정도였다. 악몽을 꾼 것치고 몸이 가뿐했고 그래서인지 이 연속된 꿈들이 악몽이 아닐지도 모른다는 생각이 들었다. 아무래도 대흥을 괴롭히려는 의지는 없어 보였다. 그 어떤 의지도 없어 보였다. 어쩌면 죽은 사람들은 자신들이 뭘 원하는지 명확하게 알지 못해서 대흥을 찾아온 게 아닐까. 명확한 목적과 대상 자체를, 대흥이 그들에게 주기를 원하는 거라면?

그래서 그날 밤 다시 잠들 때는 목적지를 바꾸어 보았다. 대흥에게는 쪽지 시험을 채점할 때 쓰는 파란 색연필이 있었는데, 비품 캐비닛에 빨간색이 다 떨어져 집어 온 것으로 실을 당기며 종이를 까서 쓰는 옛날식 색연필이었다. 그 색연필로 평면도에 진하게 화살표를 그렸다.

죽은 사람들이 원하는지도 모르면서 그렇게 간절히 이 문제를 해결하기를 원한다면, 결정권자에게 데려다 주면 될 일 아닌가.

파랗고 굵게, 교장실로 향하는 화살표를 촘촘히 그려 나갔다.

혹시 실패하면 그다음엔 학교에서 교장의 집까지 죽은 사람들을 끌고 가야 하나 싶었지만, 교장실로 데려다 주는 마지막 꿈을 꾼 것만으로 충분했다. 대홍이 문을 열어 주자 질서 정연하게 들어가서 교장실의 커다란 손님 소파에, 바닥에 자리 잡던 갈색 사람들은 더 이상 나타나지 않았다. 그리고 며칠 뒤 교장이 병가를 냈다. 교장의 부재를 틈타 교과서 검토와 결정은 정상적으로 진행되었다.

병가에서 돌아온 교장은 예전보다 활력이 덜해 보였고 그해까지 자리를 지키다가 물러났다. 정년을 채우지 못한 퇴임이었다. 아무도 아쉬워하거나 서운해하지 않는 퇴임식에서 대홍은 설마 자기 탓인가, 스스로의 양심을 체크해 보았지만 특별히 마음이 무겁진 않았다.

그리고 대홍은 조금 덜 온건해졌다. 갑작스러운 변화는 아니었고 몇 년에 걸쳐 천천히, 대홍은 변했다. 학생들은 대홍이 대답하기 어려운 질문들을 대홍의 기대보다 자주 하곤 했다. 이를테면 '왜 그렇게 나쁜 사람이 선거에서 뽑히나요? 왜 좋은 방향으로 일어났던 변화들이 무산되나요? 왜 역사는 역류 없이 흐르지 못하나요?' 그런 질문들이었다. 예전 같으면 얼버무리거나 피했을 텐데 대홍은 최대한 덜 민감한 방식으로 설명을 해 주려고 애썼다. 물론 아무리 균형 잡힌 설명을 해 주어도 가끔은 학부모들에게 항의 전화가 왔다. 항의 전화를 감수하더라도 해 줘야 할 설명이었다고 선배들과 독한 술과 꼬치구이를 사 먹으며 항변하기도 했다.

"있잖아, 다음 선거에는 너희들한테도 선거권이 있어."

대홍의 설명을, 어른들이 이미 만들어 놓은 세계를 특히 받아들이지 못하는 학생에게는 끄트머리에 그렇게 덧붙여 주기도 했는데 그러면 아이의 눈 안에서 뭔가가 반짝였다. 대홍은 그 반짝임 때문에 늘 희망을 얻었다. 뒤에 오는 이들은 언제나 더 똑똑해. 이 아이들이라면 우리보다 훨씬 나을 거야. 그러니까 그 바보 같은 교과서를 막길 잘했어.

가끔 수업을 하다가 교과서의 사진들에 눈이 머물 때가 있었다. 아는 얼굴들인 것만 같았다. 꿈속에서 몇 번이나 마주친 얼굴인 것만⋯⋯. 누군가를 알아보기에는 사진도 꿈도 너무 희미했다. 그렇게 대홍의 눈이 갈색 얼굴들에 머무는 동안에도 목소리는 멈추지 않고 흘러나왔다.

돌풍 속에 우리 둘이

안고 있었지

인표는 어머니가 점점 칠면조처럼 늙어 가고 있다고 생각했다. 원래 턱이 뾰족하고 골격이 작은데 목주름이 느는 데다가 가슴을 앞으로 내밀고 말하는 습관이 있어 어쩔 수 없이 칠면조 같았다. 다음 생신 때는 넥 크림을 좋은 걸로 하나 사 드려야겠다, 생각이 멀리 갔을 때였다.

"내 휴대폰 사진첩에서 네 사진을 보더니 굳이 소개를 해 주겠다잖아? 괜히 곤란해지긴 싫지만 또 네가 혼자인데 내선에서 자꾸 거절하면 무심한 엄마처럼 보이는 것도 있고."

"더 무심하셔도 되는데."

"그럼 안 만나 볼 거야?"

"만나 볼게요."

선이 들어올 때마다 거절이 능사가 아니란 걸 깨달은 지는 좀 되었다. 다리 저는 아들 장가 못 보냈다고 신경이 곤두선 어머니를 달래기 위해 나간 다음, 예의 바른 선에서 식사를 하고 차를 마시고, 돌아와서는 도무지 마음이 동하지 않는다며 어머니가 아무리 동동거려도 애프터 신청은 하지 않는 게 인표의 전략이었다. 효도인지 불효인지 그 중간쯤 되는 애매한 노선이었는데도 꽤 먹혀들었다. 덕분에 어머니의 사교 생활은 풍비박산이 나고 있는 듯했으나 어머니의 조바심을 매번 증폭시키는 친구들은 좀 줄어도 되지 않나 싶었던 것이다.

선이 있는 주말에는 선이 있다고 은영에게 말했다. 처음에 말할 때는 어색했는데 은영이 아무렇지 않게 다른 주말 계획을 세웠기 때문에 그다음부터는 쉬웠다. 두 사람은 몇 년 새 가장 가까운 동료가 되어 있었고 많은 시간을 함께 보냈으며 길게 말하지 않아도 쉽게 좋은 호흡을 이끌어 낼 수 있었으나 연인은 아니었다. 매주 손을 잡고 걸어도 연인은 아니었다. 은영은 살아 내는 일이 버거워서 먼 계획을 세우지 않았으며 모든 상황이 임시적이라는 걸 늘 암시했다. 여기엔 잠시 있는 거예요, 라고 항상 내비치는 여자를 향해 감정적인 경계선을 넘기에는 인표가 너무 현명했다.

딱 한 번 손을 잡아야 할 순간에 키스하고 싶다는 생각을 한 적이 있었다. 은영의 건조한 입술, 색이 지워지고 부르튼 입술을 보며 왜 그런 생각을 했는지 모르겠다. 키스하고 싶어 하는 표정 같은 걸 들킬 정도로 어설픈 나이는 한참 지나와 서 다행이었다. 작은 기색도 알아채는 은영에게 들키지 않았 다는 점에서 인표의 노련함이 증명되었다.

두 사람이 놓인 특수한 상황이라는 게 있긴 했지만 더 이 상은 돌진하지 않는다는 점에선 아주 일반적인 시들한 관계 였다. 몇 년 사이 일어나지 않은 일이 새삼 일어날 것 같지는 않았다.

설렘도 흥미도 없이 평온한 마음으로 나간 자리에, 마음에 드는 여자가 나왔다. 그런 일은 정말 드물었다. 마지막에 마음 에 드는 여자를 만났던 게 언제인지도 가물가물했다. 전혀 기 대하지 않았던 터라 인표로서도 조금 놀랐다. 마치 꼭 맞춘 것처럼 인표가 좋아하는 스타일이었다.

이를테면 머리부터 발끝까지 꽃무늬 아이템이 하나도 없었 다. 인표는 꽃무늬를 싫어했다. 꽃에 반감이 있다기보다는, 그 게 너무 쉬운 선택이라고 생각해서였다. 꽃무늬를 고르는 사 람들은 대체로 세련되지 못하고 정신없이 산만한 편이라는 게 인표의 속생각이었다. 꽃무늬 원피스도 꽃무늬 가방도 싫 다. 신발이라면 더더욱 싫다. 은영에겐 열대의 꽃이 다홍색으 로 크게 번지는 블라우스가 있었고, 잔꽃들이 바랜 색으로 가득한 어정쩡하게 긴 원피스도 있었고, 복주머니처럼 힘없이 생긴 인조가죽 가방 안쪽은 뜬금없이 꽃무늬 안감이었고, 지갑조차 낡은 꽃무늬의 비닐 코팅 장지갑이었다. 별로 여성성을 강조하는 타입도 아니면서 은영은 늘 꽃무늬를 골랐다.

눈앞의 여자에게는 꽃무늬가 하나도 없을뿐더러(가방을 잠깐 열 때 안쪽까지 유심히 확인했다.) 화장은 단계별로 공들여 했고 머리카락은 건강해 보였다. 인표는 외모 그 자체를 중시하기보다는 스스로를 단정하게 하기 위해 시간을 들이는 게 중요하다고 생각하는 편이었다. 인표 역시 깨끗이 세안하고 충분히 보습하고 그루밍에 힘썼다. 거기에 비해 은영은 좋은 피부를 타고난 것도 아니면서 베이스도 제대로 바르지 않고 특히 피곤한 아침엔 인표의 눈에는 너무 쨍한 색의 립스틱만을 찍 바르고 나왔다. 제모도 대충 하고 스타킹은 매번 올이 나가 있었다. 게다가 기분 내킬 때마다 염색하고 펌을 하며 학대한 머리카락 끝은 인표의 눈을 괴롭히다가 썩둑썩둑 잘려 나갔다. 그러니 기른다는 것은 말뿐이고 늘 그 길이였다. 눈앞의 여자는 딱 보기에도 규칙적으로 머릿결 관리를 받은 것 같았고 단정한 앞머리와 맞닿은 완벽한 형태의 눈썹도 감탄할 만했다. 언제나 저런 눈썹일까, 아니면 며칠 전에 다듬었을까.

조잡한 액세서리도 없었다. 귀에 딱 달라붙는 진주 귀고리 한 쌍과 아마도 물려받은 듯 보이는 오래된 금반지가 끝이었다. 요즘 것치고는 금빛이 너무 짙었다. 우아하고 심플한 액세서리를 한 그녀는 은영과 달리 인표가 하는 말에 빈정거리지도, 반론을 제기하지도 않고 살짝 고개를 끄덕였다.

"방송국에서 일하신다고요?"

인표는 관심을 가지고 물었다.

"흥미로운 일을 하는 건 아니에요. 자료 관리실이에요. 방송국에서 제일 조용한 곳일 거예요."

"그래도 재밌는 구경 많이 하시겠네요."

인표는 스스로의 말이 너무 실없게 느껴졌다. 재밌는 구경이라니, 입만 벌리면 늙은이 같은 말을 한다고 은영에게 구박받을 만했다.

"웬만한 건 이제 여의도에서 안 찍고 다 다른 데서 찍어요. 라디오랑 아침 방송이 좀 있어요. 그래도 유명한 할아버지 탤런트들이랑 오며 가며 눈인사 정도는 해요."

조용한 곳에서 일하는 조용한 여자. 싸우지도 소리 지르지도 위기에 처하지도 너덜너덜하게 지치지도 않는 여자. 보지 말아야 할 것은 전혀 보지 않는 여자. 가방 안에 이상한 용도의 장난감이 들어 있지 않은 여자……. 이런 여자와는 모든 게 부드럽고 수월할지도 모른다. 은영에게 아주 미약하게나마 모진 의도가 없었다 해도, 머물지 않겠다는 그 표정만으로 지난 몇 년간 인표는 신경통 비슷한 것을 앓아야 했다. 쉬운 게 하나도 없는 관계라면 놓아야 하는 관계겠지. 그런 말 그대로 기운 뺏기는 관계는.

"지영 씨, 이름에 한자는 어떤 한자 써요?"

인표가 물었다. 지영. 신지영. 은영과 영 자가 겹친다. 빛날 영이라는 대답이 돌아왔다. 은영은 꽃부리 영이었다. 모질 영이 아닌가 의심한 적도 있었지만 말이다. 인표는 신지영과 다음 주에 다시 만날 약속을 정했다.

그다음 주말에도 만날 수 없다고 말하자 은영은 조금 놀란 것 같았다.

"아……. 애프터?"

인표는 굳이 대답하지 않았다.

"괜찮아요. 연초엔 가까운 쇼핑몰 가면 소원 나무 같은 것도 많고 곧 밸런타인데이니까 애들이 이것저것 정성스럽게 포장할 테니 그런 거 슬쩍슬쩍 만지면 돼요."

주로 단 과자들을 주고받는 무슨무슨 데이가 오면 은영도 신이 나서 이 교실 저 교실을 드나드는 모습이 약간 꿀벌 같은 데가 있어서 인표를 웃게 했다. 은영은 장미를 접는 아이들을 특히 좋아했다. 사랑과 정성을 보건교사가 흡수해 가는 줄도 모르고 흔쾌히 구경시켜 주는 아이들을 짠해 하면서도 알뜰살뜰 긁어모았다.

인표가 멋쩍게 손을 내밀었다.

"우와, 애인 생기면 이제 이 손도 못 잡겠네. 근데 정말 괜찮아요. 선생님 없을 때도 저 잘해 왔어요. 데이트 즐겁게 하세요."

은영이 건투를 빌어 주었다. 그 덕분은 아니겠지만 지영과의 데이트는 제법 즐거웠다. 보양식이 아닌 가벼운 음식들을 먹었고, 명승지가 아니라 도심을 걸었다. 얼마 전에 마련한 맞춤 신발 덕분에 인표는 걷는 게 덜 힘들었고 몸도 많이 기울지 않았다. 지영은 친절하게 속도를 맞춰 주었다. 기분 좋은 바람이 불자 지영의 예쁜 목 뒤가 드러났다. 알고 보니 대학 시절 여행한 도시들이 꽤 겹쳐서 이야기가 끊이지 않았고 다음 약속도 자연스럽게 계획할 수 있었다. 두 사람 모두 가 봤던 도시의 음식을 먹고 그 도시를 아름답게 담았다는 영화를 보기로 했던 것이다.

"그 집 좀 이상하더라."

브런치를 먹으며 어머니가 말했다.

"무슨 집이요?"

"그 아가씨 집."

"어디가 이상해요?"

"자산 규모가 주선자가 말한 거랑 달라. 그리고 아버지가

S대 교수였다더니 D대 교수더라고."

"어디든 교수면 대단한 거죠."

"내 말이. 그래서 이상하다는 거야. 왜 그런 부분에 대해 거짓말을 했을까. 자격지심이 심하거나 어딘가 꼬인 거라고."

인표는 그래서요, 하는 표정으로 어머니의 다음 말을 기다렸다. 어머니가 만나라 해서 만난 거잖아요, 하는 얼굴도 지어 보였다.

"그만 만나. 다음 사람 만나자."

인표는 알았다는 듯 고개를 끄덕였다.

"얘 좀 봐, 내가 너 그 표정 모를까 봐? 그러시든지, 하는 표정이잖아. 나를 '그런 사모님' 취급하지 마. 드라마에 나오는 못된 엄마 취급하지 말란 말이야. 다 살아온 경험이 있어서 말하는 거야. 돈이 문제가 아니라, 별거 아닌 걸로 거짓말하는 사람들한테는 꼭 다른 꿍꿍이가 있어."

"거짓말이 아니라 깃털 부풀리기 같은 거죠. 다들 하잖아요."

엄마도 하잖아요, 하는 식으로 눈썹을 올렸다.

"그럼 만나. 끝까지 한번 만나 보든가. 언제는 누구 진득하게 만났던 것처럼."

이미 으깨진 달걀을 더 으깨 놓으며 어머니가 비웃었다. 인표는 어릴 때 엄마를 닮았단 말을 자주 들었었다. 나이가 들면 날카롭게 비웃는 칠면조 같은 아저씨가 되는 걸까, 자기도 모르게 턱밑을 만져 보는 인표였다. 두 사람은 다시 표면적으로나마 평온한 분위기를 유지하며 계란을 먹었다.

은영은 인표의 연애사에 신경을 쓸 여유가 없었다. 학교에 이질이 돌았던 것이다. 교사 한 명을 포함 열여섯 명이 집단 설사 증세를 보여 급하게 휴교 조치가 내려졌고 방역 조치에 점검을 하느라 정신이 없었다. M고는 급식 비리를 없애려고 직영으로 바꾼 지 좀 되었고 맛은 좀 심심해도 청결은 나쁘지 않았기에 예상 밖의 사태였다.

"우리 정말 위생 관리 철저하게 해요, 손이 남아나지 않게 씻는데……."

급식실 아주머니들이 속상해했다. 은영은 M고에 몇 년 있다 보니 드디어 급식실 아주머니들과 꽤 친해질 수 있었다. 같은 교직원이라도 미묘하게 벽이 존재해서, 회식을 할 때도 아주머니들은 함께하지 않았다. 급식실은 학교의 일부면서 학교와 분리되어 있었다. 은영이 천천히 급식실에 드나들게 된 것은 밥 찌는 증기가 그곳을 정화시켜 잡스러운 것들이 꼬이지 않는 쾌적한 공간이었기 때문이다. 물론 은영에게나 쾌적한 것이지 아주머니들은 화상도 자주 당했고 젖은 바닥 때문에 장화를 신고 일하다 보니 피부 트러블이 잦았다. 은영과 느리게 느리게 친해지자 보건실에도 편하게 오시기 시작했다. 서로 돕는 관계였다. 아주머니들은 종종 남은 감자 샐러드나 방울토마토 같은 걸 혼자 사는 은영에게 챙겨 주었다.

"너무 속상해하지 마세요. 세균성 이질은 세균이 진짜 조금만 있어도 도는 병인걸요. 그리고 음식이 아니라 물이 문제였을 수도 있어요."

은영이 위로했다. 그 주엔 은영도 꼬박꼬박 급식을 먹었는데 걸리지 않았다. 원인이야 100퍼센트 확실하게 알 수는 없겠지만 꼼꼼히 소독을 했으니 다시 돌지 않기만을 바랄 뿐이었다.

휴교 자체는 조금 반갑기도 했다. 휴식이 필요했다. 만성피로증후군인가, 혼잣말을 했다가 원인이 확실하니 그거랑은 좀 다르군, 하고 고쳐 말했다. 은영은 자기 몸이 꼭 계획 없이 막 지어진 가건물이나 창고 같았다. 제 소유가 아닌 것들이 가끔 가득 들어찰 때도 있었으나 이내 빠져나가고 비바람에 시달리며 녹슬어 간신히, 안간힘, 겨우겨우 서 있는 그런 슬레이트 건물 말이다. 마지막으로 낮잠을 자 본 게 언제였던가 궁금해하며 은영은 침대에 누웠다. 시판되는 것 중 가장 작은 사이즈의 매트리스였다.

몸을 뉘기만 하면 백 년도 잘 수 있을 것 같았는데 햇빛이 너무 강했다. 눈꺼풀이 밝은 오렌지 빛으로 빛나고 혈관이 다

보일 정도로 해가 들이쳤다. 역시 커튼을 달았어야 했구나 뒤늦은 후회를 하며 뒤척이자니, 인표가 학교에 데리고 왔던 여자 얼굴이 생각났다. 인표의 차가 교문을 지나 건물 쪽으로 올라갈 때 벤치에 앉아 있다가 보았다. 예쁜 여자였다. 단정하고 세련되어서 인표와 어울렸다. 항상 은영이 앉던 보조석에서 약간 미소를 띤 얼굴로 학교를 구경하고 있었다. 학교를 보여 주는 게 목적인 방문이라기보다는 저녁 식사를 하기 전에 시간이 애매했던 것 같았다. 은영이 상상하기 어려운 두 사람의 시간은, 은영과 인표가 함께 보냈던 시간과 닮아 있을지 전혀 다를지 궁금했다.

마음속에서 부실한 선반 같은 것들이 내려앉는 소리가 났다. 어두운 곳에서 낡은 나사에 매달려 있던 것들이 결국에는 내려앉는 그런 소리였다. 여기 계속 있을 수 있을까. 아무렇지도 않게 있을 수도 있을 듯한데, 그래서는 안 될 것 같은 기분이 들었다.

기이한 인기척, 불편한 웃음소리에 뒤돌아보았을 때 인표는 얼굴에서 피가 빠져나가는 걸 느꼈다. 인표의 걸음걸이를 흉내 내던 학생이 깔깔거리며 도망쳤던 것이다. 도망치는 얼굴조차 웃고 있었다. 아이들만이 지을 수 있는 잔인한 웃음이었다.

교직 생활을 통틀어 그런 적은 없었다. 한 번이라도 아이들이 인표의 장애를 놀림거리로 삼았던 적은 말이다. 부모들이 아이들에게 별로 신경을 쓰지 않는 지역이었고, 그래서 크고 작은 사건 사고에서부터 생활 태도까지 학교에는 문제가 많았지만 아이들은 다리를 저는 한문 선생에게 비열하게 굴지 않았다. 어른스러운 애들은 대수롭지 않게 눈길을 피했고 순진한 애들은 가끔 난처해했지만 잠시였다. 등 뒤에서 악의를 가지고 흉내 내는 일은 정말로 한 번도 없었다. 모욕감이나 분노보다도 충격에 빠져 인표는 황망히 서 있었다.

그 주에 서로 사귀던 여학생 커플이 집단 구타를 당했다. 그 두 사람이 사귀는 것은 교사들도 다 알고 있었다. 아이들은 속삭이지 않아도 될 것까지 속삭이고 어른들도 대부분은 마찬가지다. 두 아이의 담임교사 중 한 명이 부모들에게 전화하겠다며 일을 크게 만드는 걸 온 로비력을 동원하여 가라앉힌 것이 인표였다. 쉽지 않았다. 부모에게 이야기하는 건 나중에, 아이들이 스스로를 지킬 수 있는 최소한의 정신적 육체적 경제적 나이가 된 다음에 해도 늦지 않다고 인표는 냉정하게 생각했다. 해치려는 사람들은 앞으로도 가득 만날 테니까 지금은 손잡고 다니게 두고 싶었다. 교사가 된 이후 동성 커플은 매해 봐 왔다. 2, 3년에 한 번씩은 소문이 무성했고 한 명이 강제 전학을 당하거나 둘 다 당하기도 했는데 인표는 그게 굉장히 불필요한 처사라고 느꼈다. 가만히 놔두면 아무 문제 없이 졸업한다. 남녀 커플이든 남남 커플이든 여여 커플이든 쉬는 시간에 에어컨 뒤에 기어 들어가 서로 더듬지만 않으면 터치하지 않는다는 이 간명한 아우트라인을 왜 모두가 받아들이지 않는지 이해할 수 없었다. 인표는 교양이 풍부했으므로 인류 역사의 시작부터 늘 있었던 동성애가 '교정' 대상일 수는 없다고 생각했다. 레스보스 섬만 말하는 게 아니다. 동아시아 고전문학에도 복숭아를 깨무는 소년에 대한 사랑은 자주 등장한다. 자연이라는 건 그런 게 아닌가. 늘 있었던 것, 앞으로도 있을 것.

그런데 이번 커플은 구타를 당했다. 여덟 명의 아이들이 그 두 아이를 둘러싸고 때리고 밟았다. 광대뼈가 함몰되고 갈비뼈에 금이 가고 손가락도 부러지고 한 아이는 가벼운 뇌진탕 증세도 있었다. 보는 눈 없는 보일러실 뒤에서, 7교시와 8교시 사이의 쉬는 시간에 일어난 일이었다. 인표는 이 갑작스러운 증오가 어디서 왔는지 이해할 수 없었다. 때린 아이들을 다그쳤는데 그 나이 특유의 방어적인 얼굴로 한 아이가 말했다.

"더러워서요. 더러워서 때렸어요."

더러운 게 뭔지 제대로 가르치지 못한 게 교사로서 참담했다.

회식 자리에서는 성추행이 있었다. 평소에는 얼굴이 선량하게도 생긴 점잖은 수학 선생이었다. 파워포인트를 쓰지 않고 분필로 도형을 그릴 때는 감탄이 나오도록 깔끔하게 그리는 사람이었지만 술만 먹으면 행동이 이상했다. 몇 번의 주먹다짐과 멱살잡이 후 쉬쉬하며 넘어갔는데, 이번엔 옆에 앉은 사람의 치마 속에 불쑥 손을 넣어서 상이 엎어지고 난리였다. 자리를 일찍 떴던 인표는 다음 날 그 모든 정황을 전해 듣고 투아웃이던 놈이 드디어 스리아웃이 되었구나 탄식했다. 폭력이란 종류를 가리지 않고 일맥상통하는 것이구나 싶기도 했다. 어쨌든 애초에 처음 한두 번을 용인해 주지 말았어야, 유야무야 넘어가지 말았어야 했을 문제였다.

어이없는 절도도 있었다. 훤한 마트 옆길에 배달 트럭이 잠시 내려놓은 과자 네 박스를 훔쳐서 피해액은 10만 원인데 합의금만 200만 원이 넘게 나왔다. 과자 사 먹을 돈이 없는 애들이냐면 그것도 아니었고 평소에 그런 짓을 자주 했냐면 그것도 아니었다. CCTV를 돌려 보는데 교복을 그대로 입고 얼굴과 명찰도 가리지 않은 채 너무나 태연하게 저지른 일이었다.

"맛있었냐? 200만 원짜리 과자 맛있었냐? 육하원칙에 기초해서 사실만 써라. 이건 너의 사적인 의견이잖아. 사실만 쓰라고."

아이들에게 진술서를 쓰게 하는 데만도 몇 시간이 걸렸다. 연애를 하려고 하니 연애할 시간이 없을 줄은 몰랐다. 선도 협의회만 일주일에 열 번을 한 것 같았다. 경찰서에만 세 번을 갔다. 인표는 예민해지면 몸살이 잘 나는 편이라 데이트할 주말 한 번을 놓치고 말았다. 놀림 받은 다리가 아픈지, 악의 때문에 아픈지 하여간 아팠다. 그다음 주에는 지영이 만나기 어렵다고 했다. 만나지 못하는 기간이 길어지는 사이, 띄엄띄엄 어색한 전화를 몇 번 걸었지만 전화 저편에서는 끊고 싶어 하는 기색이 분명했다. 얼마 안 있어 지영이 아예 전화를 받아 주지 않게 되었을 때는 인표도 아쉬움이 덜했다. 자연 소멸하는 태풍 같은 것, 가끔 경험해 보았으니까. 몇 주 설렜던 것으로 되었다 싶었다.

인표의 정신이 번쩍 든 것은 경미한 지적 장애가 있는 전학생을 1학년 담임들이 모두 주저하며 받기 싫어했을 때였다. 그럴 사람들이 아니었다. 다 같이 그럴 사람들은 정말 아니었다. 학생들에게 문제가 생기기도 하고 교사들에게 문제가 생길 때도 있지만 동시에 이런다면 그건 그 사람들 바깥에 원인이 있는 것이었다. 바깥에서, 나쁜 것이 이 모든 일을 일으키고 있다고 인표는 판단했다.

"뭔가 또 독이 퍼졌어요."

당장 은영에게 말했다. 은영보다 먼저 알아채는 날이 올 줄은 몰랐다.

"이상한 거 못 봤어요?"

"……안 보였는데."

은영은 특별히 본 것이 없었다. 모든 게 정상이었다. 그보다 철도 아닌 유행성 결막염이 더 큰 문제여서 휴교를 또 한 번 해야 할 판국이었다. 아이들이 설마 학교에 오기 싫다고 서로의 눈을 비비며 눈꺼풀 키스라도 하고 있는 건 아닌지 의심스러웠다. 그러고도 남을 녀석들이었다.

"결막염을 뿌리고 다니는 귀신 같은 건 없어요."

"정말로 아무것도 못 봤어요? 못 느꼈어요?"

가끔 뭔가를 본 것 같아서 뒤돌아보면 아무것도 없었다. 시야가 조금 뿌옇게 느껴져서 안과에 가 볼까 하긴 했었다. 무언가 은영이 보지 못하게 막고 있을지도 몰랐다.

"한 바퀴 돌까요?"

은영은 오랜만에 인표에게 제안하고는 슬리퍼를 운동화로 갈아 신었다. 인표가 지난번 생일에 선물한 운동화였다.

두 사람은 말없이 조금 떨어져서 걸었다. 어색할 게 없는데 어색했다.

"뭔가 바뀐 걸 알아채야 해요. 없었다가 생긴 것."

"예를 들면요?"

"낙서. 이상하게 생긴 돌. 알록달록한 것. 냄새 나는 것."

"그건 너무 중구난방인데요."

"샘 말대로 무슨 일인가 벌어지고 있는데 제 눈이 가려진 거라면, 바뀐 게 하나라도 있을 거예요. 찾아내야 해요."

두 바퀴, 세 바퀴를 돌아도 학교는 평소와 같았다. 평소와 같이 난잡했다. 그래도 도는 바퀴 수가 늘수록 두 사람 사이의 간격은 조금씩 줄어들었다.

"그 예쁜 여자분하고는 어떻게 됐어요? 잘 만나요?"

"아, 봤어요?"

"네, 지나가다가."

"잘 안 됐어요."

"학교까지 놀러 왔는데?"

"그러니까요. 좀 바빠져서 흐지부지됐어요."

"차였구나."

"그렇다기보다는……."

아, 하고 은영이 학교 교훈이 새겨진 비석 앞에 멈춰 섰다. 화강암까지는 쓰지도 못하고 모조 화강암 코팅제를 바른 시멘트였다. 광개토대왕비를 흉내 낸 모양에 고전적인 서체로 '성실, 겸손, 인내'라고 쓰여 있었다. 셋을 합하면 결국 '복종'이 아닌가, 은영은 늘 끌끌 혀를 찼었다. 몇 년 전에 바뀐 교훈이었다. 그 전에는 '미래를 준비하는 슬기로운 인재'였는데 그 교훈도 썩 좋았던 건 아니지만 어떻게 봐도 퇴보였다. 전 교장의 무겁고 거대한 업적으로 영원히, 세상이 끝날 때까지 교정에 서 있을 것 같은 흉측한 비석을 두 사람은 잠시 올려다보았다.

"교비는 평소랑 똑같아 보이는데요."

인표가 말했다.

"저 아래 저 풀들은 없지 않았어요?"

은영이 갸웃, 하며 확신 없이 물었다.

"그랬나."

"뭐지, 꼭 파처럼 생겼네."

아닌 게 아니라 정말 파처럼 생긴 화초가 한 무더기였다. 은영이 가까이 가서 아직 피지 않은 푸른 꽃대를 열어 보았다. 죽은 새처럼 생긴 꽃이 튀어나왔다. 손끝이 전기가 오른 것처럼 아팠다.

"검색해 보니까 극락조화라는 거 같은데요."

전해 오는 감각이 극락과는 거리가 멀었다. 극락에서 제일 먼 곳과 비슷하다면 몰라도. 은영은 손가락을 감싸 쥐며 나지막히 욕을 했다. 매켄지가 심어 놓고 간 걸까. 매켄지가 아닐 수도 있었지만 결국 매켄지와 크게 다르지 않을 누구일 것이다. 벌 받으면 좋겠다고 생각했다. 마음속의 지옥 구덩이를 열어 거기 이 오염된 극락조화를 심어 놓은 범인을 시원하게 발로 차 넣었다. 정말 발로 차 주고 싶었다. 운동화 말고 징이 달린 험한 신발을 신은 다음에 말이다.

은영은 기합을 넣은 다음 스무 포기가량의 극락조화를 정신없이 뽑기 시작했다. 아직 좀 추운데도 벤치에 앉아서 해바라기를 하던 학생들이 놀라서 쳐다보기 시작했지만 아랑곳하지 않았다. 인표도 돕기 시작해서 마지막 포기를 뽑았을 때였다. 은영이 갑자기 양 관자놀이를 잡으며 주저앉았다. 경험해 본 적 없는 두통이었다. 놀란 인표에게 그 두통에 대해 설명하려는 순간 쩍, 하고 교비에 금이 갔다.

"선생님은 머리 안 아파요?"

인표는 전혀 아프지 않은 모양이었다. 다시 한 번 그 둔감함이 부러웠다. 은영은 이제 귀까지 아팠다. 달군 뜨개바늘 같은 것이 귀를 후비는 것 같았다.

"뭐가 이렇게 한꺼번에 몰려오지? 참 잘도 숨겼네요. 선생님은 삽을 가지고 오세요, 저는 아세트아미노펜이 필요해요."

두 사람은 잠시 필요한 것을 가지러 후퇴하기로 했다. 돌아왔을 때는 삽질을 오래 할 필요도 없었다. 극락조화를 뽑은 흙 아래로 나무 문이 있었다. 교비가 쓰러지지 않을까 걱정했지만 금이 갔을 뿐 괜찮은 것 같았으므로 이제 들어가 봐야 할 판이었다. 그 아래로 느껴지는 것은 하나였다. 크지도 않았다. 오래되지도 않았다. 하지만 지금까지 만난 것들 중 가장 뒤틀린 느낌이었다. 이 학교에 처음 와서 오래된 것, 그 못생긴 머리를 잡았기 때문에 공동(空洞)이 생겼고 그걸 매켄지와 그 뒤의 누군가가 노렸어. 여기에 뭔가를 심었어. 언제? 아마 아이들이 아파 휴교했을 때, 학교를 누르는 생기가 약해졌을 때……. 은영은 차분하게 생각하려고 노력했다. 뭘까. 뭘 심었을까.

"땅굴도 아니고 이게 뭐야. 열까요?"

열기 싫었다. 아직 잠들어 있거나 태어나지 않았거나 그런 상태니까, 그냥 그대로 덮고 싶었다. 저 이상한 꽃들을 다시 위에 심고 모른 척하고 못 본 척하고 싶었다.

은영이 무지개 깔때기 칼을 천천히 잡아 늘렸다. 아직 가시지 않은 두통 때문에 침을 삼키기도 힘들었다. 손등으로 콧등을 훑자 잔잔하게 식은땀이 묻어났다. 아무래도 상태가 좋지 않은 모양이었다.

"잠깐만요. 잠깐만 있어 봐요."

인표가 최대한 절뚝거리지 않으려고 노력하면서 뛰어갔다. 뛰면 절뚝거림이 심해지는데, 인표는 교사가 되고 나서 처음으로 아이들이 두려웠던 것이다. 뭐라도 길고 뾰족한 것을 찾아야 할 것 같았다.

"학생들이 전부 하교할 때까지 기다려야 하지 않을까요?"

낙엽 긁개를 들고 돌아온 인표가 숨차하며 물었을 때 은영은 고개를 저었다.

"아뇨, 햇빛과 아이들은 우리 편이에요. 해가 완전히 지기 전에, 학교가 텅 비기 전에 들어가요."

야간 자율 학습을 신청하지 않은 학생들이 슬슬 돌아가고 있었다. 급식을 빨리 먹은 아이들이 축구를 하고 있었고 과학 실험부 애들도 있었다. 배드민턴도 치고 캐치볼도 몇 팀 있었다. 평화로워 보이는 풍경이었다. 그대로 80년쯤 보고 있어도 질리지 않을 것 같았다.

"속전속결로 갑시다."

목에 칼을 박아 주겠어. 뭔지 몰라도 단숨에 막을 거야. 아무도 다치는 일 없이, 그럴 틈새 없이 끝낼 거야. 은영은 단호하게 마음먹고 나무 문을 열었다. 그렇게 깊지 않았지만 허술하지도 않았다. 교비 공사를 할 때 누군가 제대로 마음먹고 꾸민 일인 게 분명했다. 장기 계획이었다. 코앞에서 당했다는 걸 깨닫자 인표는 분통이 터졌다.

인표가 보기에는 비어 있는 토굴일 뿐이었다. 뭔가 흉측한 것이 있을 거라 생각했는데 비어 있어서 김이 빠졌다.

"도망갔나요?"

"아니, 여기 있어요. 느껴지는데."

은영이 손전등을 여기저기 조심스럽게 비춰 보았다. 두 사람이 발견한 건 검은 돌이었다. 주먹만 한 돌이었고 거기에 조그만 금색 무언가가 박혀 있었다. 반지였다. 이건 꼭 지영 씨 반지같이 생겼네. 특별한 무늬나 모양은 없지만 꼭 그렇게 생겼는데, 생각하며 인표가 손을 내밀 때 은영이 찰싹 손등을 때렸다.

"그놈의 손, 또 사고 치려고. 물어보고 좀 만져요. 보이죠? 샘한테도."

"네."

"뭘로 보여요?"

"돌 아니에요?"

"……이거 코예요."

"네? 그럼 반지는요?"

"코뚜레."

"사실 저 반지, 제가 만나던 그……."

"됐어요. 이제 와선 누가 이걸 여기 박았든."

인표가 물러섰고 은영은 칼을 뽑았다. 인표에게까지 보일 정도로 힘을 모았다는 사실에 놀라 두통이 일순 심해졌다. 거대한 머리보다 더한 게 자라나는 동안 알아채지 못했다니 부끄러울 정도였다. 이것이 코라면, 그렇다면 미간은 어디인가. 이 아래 흙에 몸을 묻고 있는 것이 뭐든 간에 미간을 찌르면 죽을 것이다.

온 힘으로 가자.

은영이 허리를 힘껏 젖혀 미간으로 의심되는 부분에 칼을 꽂았다. 그러나 칼끝이 닿는 순간 은영은 깨달았다. 너무 얕았다. 얕게 쳤다. 흙 속에서 칼이 튕겼다. 은영의 온 힘을 튕겨낼 만큼 그것의 이마는 단단했다.

"아야."

여전히 귀가 아파선지 은영은 자기 목소리가 꼭 남의 목소리처럼 들렸다. 짧은 신음에서 사태의 심각함을 알아챈 인표가 은영의 손을 잡고 바깥으로 끌어냈다. 현명한 판단이었던 것이 토굴은 삽시간에 무너지기 시작했다. 말 그대로 바닥이 꺼져서 두 사람은 몇 번이나 헛디뎌야 했다. 그 와중에 돌아본 은영은 검고 검은 눈을 보았다고 생각했다. 인표와 은영은 무릎으로 기어서 토굴을 빠져나왔다.

바람이 불기 시작했다.

천천히 고조되는 바람이 아니었다. 돌풍이었다. 돌풍의 돌은 갑자기 돌, 말 그대로 돌연한 강풍이 학교를 가로질렀다. 찌르는 바람과 후려치는 바람이 나선형으로 돌기 시작했다. 돌개바람이었다. 태어나서 처음 보는 바람이었다. 태풍을 몇 번이고 겪었지만 그것과는 달랐다. 마르고 매섭고 독한 바람이었다. 아이들은 눈을 뜨지 못했고 발이 밀려 넘어졌다. 은영은 인표와 겨우 몸을 가누며 학교가 흙바람의 벽에 싸여 바깥으로부터 분리되는 모습을 지켜보았다. 빗나가다니, 빗나가서 깨워 버리다니, 죽이기는커녕 꺼내 버리다니, 은영이 자책

하는 말을 인표는 하나도 듣지 못했지만 은영의 뒤에 가까이 다가섰다.

돌개바람의 한가운데, 흙먼지가 옅어지는 지점에 길고 가는 것이 떠 있는 게 보였다. 은영에게만 보이는 게 아니었다. 인표에게도 학생들에게도 보였다. 저게 뭐야, 다들 소리를 전하지 못한 채 입 모양으로만 묻고 있었다.

용.

적어도 용에 아주 가까워진 어떤 것.

아주 가까워졌는데 이마에 칼을 빗맞고 흉포해진 어떤 것.

한 번도 본 적 없어도 용인 걸 알았다. 용이 아닌 다른 것일 리가 없었다. 은영은 돌풍 속에서 용을 향해 걸어갔다. 뛸수 없었다. 가운 주머니에 안경이 있었다. 아침에 렌즈를 끼지 않아서 들고 온 것이었다. 모래는 아까부터 날았지만 이제 그보다 굵은 것들이 날아오르기 시작했기 때문에 안경이라도 쓰지 않으면 눈을 감고 걸어야 할 판이었다. 안경알에 흠집이 빗살무늬로 나기 시작했다. 오늘따라 잊지 않고 들고 온 것이 다행이었다. 내일 버려야 한다 해도 다행이었다. 인표가 넘어져 은영과 멀어졌지만 은영은 알아채지 못했다. 모두가 용의 기운에 밀려 넘어져서는 일어나다가 또 넘어졌다. 은영은 걸어가기 위해서만 이미 너무 많은 힘을 쓰고 있었다. 가까스로 가까이 가자 차라리 좀 나아졌다. 바람은 바깥 쪽이 더 심한 모양이었다. 이제 용이 확실히 보였다. 수묵화로 그린 것 같은 생물이었다. 테두리 없이 검게 너울거리고 흘러서, 정말 거기 존재하는지 계속 집중해야만 형태를 눈으로 쫓을 수 있었다. 하지만 그 용에게도 확실한 부분은 있었다. 흐르지 않는 부분이 있었다. 등 비늘에 아주 익숙한 모양이 보였던 것이다.

로고였다.

처음엔 잘못 본 줄 알았다. 너무나 익숙한 대기업의 로고가 거기 붙어 있다는 게 현실감이 없었다.

은영은 저도 모르게 날카롭게 웃고 말았다. 그 기업에 전속 무당들이 있다는 루머는 있었지만 이렇게까지 일을 벌일 줄이야. 용을 심을 정성으로 경영을 똑바로 하지, 대체 어디까지 저열할 수 있는 거야? 은영은 계속 웃음이 나왔다. 운동장 모래 한 움큼이 입안으로 들어와서 토하다시피 뱉어 내면서도 웃었다. 어휴, 씨발, 내가 또 저 꼴은 못 보지. 어디 학교를 이따위로 이용해. 눈 하나 깜짝하지 않고 아이들의 발밑에 저런 걸, 저 검고 비틀린 걸 심다니.

용이 점점 더 높게 떴다. 은영은 두 다리를 단단히 딛고 비비탄 총을 쏘았다. 몸통을 정확히 맞추었으나 비늘 몇 개가 흩어졌다가 도로 스며들었다. 때가 되지 않은 것을 깨워서인지 원래 용이란 다 그런 건지 알 수 없었다. 저걸 어째, 고심하고 있을 때 인표가 은영을 앞질러 뛰어갔다. 낙엽 긁개를 삼

지창처럼 끼고는 휘적이며 달려 나갔다.

"뭐하려고? 멈춰요, 멈춰!"

은영은 말리기 위해 얼른 뒤따랐다. 간만에 크게 절뚝이며 뛰어가는 인표의 뒷모습을 보자 은영은 약간 두근거림을 느꼈는데 두근거림인지 소화 장애인지 분명치는 않았다. 은영은 인표가 가상하지만 위험한 짓을 벌이기 전에 따라잡아서는, 자기도 모르게 힘을 가득 실어 무지개 칼로 인표의 뒤통수를 후려갈겼다.

"그러니까 여자를 만나도 좀!"

평소에 누군가의 뒤통수를 때리면 굉장히 경쾌한 소리가 나는 무지개 칼이지만, 역시 들리지 않았다. 그래도 인표는 은영이 전하고자 한 바를 용케 알아듣고 항변했다.

"니가 안 만나 줬잖아!"

조금 더 앞으로 나가자 도로 일어서는 걸 포기한 아이들 몇이 바닥에 꼭 조그만 청동 조각상들처럼 주저앉아 있었다. 아까까지 평화롭게 물 로켓을 쏘고 있던 과학 실험부 애들이었는데, 내압 밸브와 발사대가 눈에 들어오자 은영은 학생들이 아직 껴안고 있던 물 로켓을 빼앗아 들었다. 실체가 있는 대상은 역시 실체가 있는 것으로 때리는 게 맞을 것이었다. 물 로켓은 마침 적당해 보였지만 큰 것은 몇 번 쏘지 못한다. 어디를 노리면 용이 떨어질까. 어떻게 바닥으로 떨어뜨릴 수 있을까.

볼따구니. 볼따구니를 노리자. 크게 따귀를 때리는 느낌이면 될 것이다. 사실 노릴 만한 곳이 거기밖에 없었다. 몸통 부분은 아직 연기에 가까운 걸 확인했고 그보다 더 위쪽은 너무 좁아 노리기 어려울 것 같았다. 가장 형체가 갖춰져 있고 면적이 넓은 볼따구니를 과녁으로 하기로 했다.

어찌나 긴장했는지 팔다리의 근육이 팽팽해져서 움직일 때마다 튕겼다. 마디마디가 당기다 못해 끊어질 듯했다. 검게 이글거리는 용은 아직 확정되지 않은 상태, 그런데도 이 정도 힘이라면 확정되고 난 후 어찌 될지 알 수 없었다. 불편하게 움찔거리는 몸 안의 모든 것들을 가라앉히고 평온에 가까운 한순간을 찾아야 한다. 그래야 겨냥할 수 있다. 은영은 자꾸 떨리는 왼쪽 눈밑을 누르며 숨을 골랐다. 볼따구니, 볼따구니, 볼따구니.

"이곳엔 용과 나밖에 없어. 이 포물선은 나에게서 시작해 용에게서 끝날 거야."

은영은 스스로에게 들려 주기 위해 속삭였다. 침착하게 완전한 집중의 순간이 오기를 기다렸다. 마치 시간이 잠시 천천히 가는 듯하고, 들이켠 숨이 배꼽에 고이는 듯한 그 순간을 은영은 잘 알고 있었다. 시야가 명료해지고 끝 간 데 없이 경직되던 몸이 이완을 향해 돌아서는 순간 말이다. 오지 않을 것 같던 그 순간은 결국 왔고, 은영은 베테랑답게 그 순간을 잡아채 발사시켰으나…… 물 로켓은 뒤로 날아갔다.

"이 자식들아, 제대로 좀 만들어! 물 로켓 하나 똑바로 못 만들면서 얼어 죽을 과학 실험부냐? 초등학생들이 더 잘 만들겠다!"

은영은 좌절한 나머지 성질을 부렸고 뒤로 날아간 물 로켓을 만든 당사자 학생은 잘 알아듣지 못했지만 기세에 눌려 흐잉, 하고 울먹이고 말았다.

두 개. 두 개 더 쏠 수 있어. 두 개까지는 충분히 쏠 수 있어.

다시 쫓아온 인표가 뒤에서 가만 은영을 안았다. 두 손바닥으로 은영의 팔꿈치를 받쳤다. 은영은 문득 전에도 인표가 이런 식으로 팔꿈치를 받쳐 준 적이 있다는 걸 기억해 냈다. 수전증이 있는 은영이 산수유 꽃에 좀처럼 카메라 초점을 맞추지 못할 때, 마치 인간 삼각대처럼 그렇게 팔을 잡아 줬었다. 인표의 환한 에너지가, 남쪽 나라의 꿀 같은 에너지가 흘러들었다.

세 개. 아니, 네 개까지도 더 쏠 수 있어.

첫 번째는 용 근처까지 갔으나 빗나가고 말았다. 괜찮아요, 인표가 말했다.

두 번째는 막 비늘이 분명해지기 시작한 뱃가죽을 스쳤고, 덕분인지 용의 고도가 조금 낮아졌다. 그럼에도 용은 인표나 은영을 신경 쓰지 않는 것 같았다. 끊임없이 몸을 비틀며 용도 은영처럼 어떤 완전한 순간을 기다리는 것처럼 보였다.

어차피 언젠가는 지게 되어 있어요. 친절한 사람들이 나쁜 사람들을 어떻게 계속 이겨요. 도무지 이기지 못하는 것까지 친절함에 포함되어 있으니까 괜찮아요. 저도 괜찮아요. 그게 이번이라도 괜찮아요. 도망칩시다. 안 되겠다 싶으면 도망칩시다. 나중에 다시 어떻게든 하면 될 거예요. 인표가 은영의 귓가에 대고 말했다. 크게 말하지 않았으므로 잘못 들은 걸 수도 있었다. 어쩌면 인표가 아니라 은영 스스로가 말한 것 같기도 했다. 거짓말이어서, 거짓말처럼 마음이 편해졌다.

세 번째는 용의 뒷목을 쳤다. 용에게는 목이 급소가 아닌 듯했다. 장어처럼 꿈틀거릴 뿐이었다.

다행히 용에게 기다리던 순간이 오기 전에, 은영에게 먼저 왔다. 마지막 물 로켓이 발사대를 떠나는 순간 은영은 알았다. 맞힌다. 이번엔 제대로 맞을 것 같다. 물 로켓은 바람의 영향도 거의 받지 않고 시원하게 날아가 용의 볼따구니를 쳤다. 정말로 따귀를 세게 때린 것과 비슷한 모양새로, 고개가 반원을 그리며 돌아갔다.

"하하, 하하하!"

은영은 현기증과 희열이 동시에 느껴져 휘청이면서도 인표와 짝 소리가 나게 하이파이브를 했다. 이 맛에 내가 이걸 했었지, 이 타격감에. 명징한 명중의 순간 때문에. 무엇보다도 쾌감 때문에. 은영은 계속 웃었다. 기쁨과는 별개로 혈색이 나빠진 은영의 등을 인표가 쓸어 주었다.

균형을 크게 잃은 용이 몇 바퀴 비스듬한 회전을 하며 바닥에 떨어지자 돌풍이 잦아들었다. 막상 떨어뜨리고 보니 크지 않아 5, 6미터 정도였고 무게도 가벼워 보였다. 추락이 격하지 않았던 것이다. 은영과 인표는 텅 비고 떨리는 몸을 서로에게 의지한 채 용에게 다가갔다. 거의 다 끝났다는 생각만이 두 사람을 버티게 했다. 은영은 용의 머리를 밟고 이번에는 제대로 찔러 넣으리라, 마지막 남은 것을 쥐어짤 준비를 했다.

"잠깐만요."

인표가 은영을 말렸다.

"왜요?"

"교복이 들어 있어요."

여전히 한 발로 용의 머리, 용이 되다 만 것의 머리를 밟고 은영이 인표가 가리키는 곳을 보았다. 한천에다가 먹을 섞어 놓은 것 같은 용의 투명한 가슴으로 정말로 교복이 비쳤다.

"애를 삼켰어?"

은영이 기겁을 했다.

"아니, 교복만 있어요. 아, 이름 보인다."

이름을 읽고 인표는 흥통 비슷한 것을 느꼈다. 인표가 아는 아이 것이었다. 알았던 아이 것이었다. 용의 등에 새겨진 대기업 집안의 혼외자라는 소문이 돌던 아이였다. 솔직히 인표는 그 소문을 믿지 않았었는데, 아무리 혼외자라도 그 집안 아이면 M고에 보낼 리가 없다고 자조적으로 생각했기 때문이었다. 졸업하고 몇 년 지나서 자살했다고 들었을 때는 그 아이 얼굴이 잘 생각이 안 나 자책감을 느꼈었다.

인표의 얼굴을 읽고, 은영이 용의 머리에서 발을 떼고는 무릎으로 목덜미를 누르며 깔고 앉았다.

"어쩌게요?"

은영이 무지개 칼로 대수롭지 않게 용의 등을 훑자, 모자이크처럼 로고를 이루던 비늘들이 우수수 떨어졌다.

"또 뭘 떼어 내면 나쁜 용이 안 되려나."

"안 될 수 있어요?"

"몰라요. 한번 해 보는 거죠. 아, 이거 뽑아야겠네."

은영이 용의 코에서 코뚜레처럼 박혀 있던 금반지를 힘껏 뽑아냈다. 검은 물이 코피처럼 주르륵 흘렀다. 그게 끝인 줄 알았더니 그다음엔 용의 두 눈꺼풀을 붙잡고 끌어올렸다. 뿌연 눈알들이 쉴 새 없이 움직였다. 인표는 평소 덜 익은 계란 흰자도 못 먹는지라 비위가 크게 상했지만 어째선지 시선을 돌릴 수 없었다. 정신없이 움직이는 용의 두 눈 가운데에는 진주 귀고리가 박혀 있었다. 역시 아는 진주였다.

"뽑아요."

"제가요?"

"나는 손이 없잖아. 샘이 잡을래요?"

인표가 미끈하고 뜨거운 그 눈알에서 귀고리를 뽑아냈다. 한 번, 또 한 번. 움직이지 말라고 말하자 알아듣는지 두리번거리는 속도를 늦추어 주어 다행이었다. 귀고리가 깊이 박혀 있어서 손톱으로 뽑아내야 했는데도 용은 참아 냈다. 인표가 귀고리들을 뽑자마자 은영이 용의 목에서 내려왔다.

부드럽게 용의 몸이 떠올랐다. 10센티쯤 떠올랐다가 다시 가라앉았다. 인표는 자기도 모르게 손을 내밀어 용의 콧잔등을 쓰다듬었다. 힘내, 떠 봐. 이번엔 끌어내리지 않을게. 한 번 더 떠 봐. 어릴 때 키웠던 검은 리트리버를 쓰다듬던 방식으로 만져 주자 용이 잉어 수염 같은 긴 수염을 잠시 인표에게 비볐다. 은영은 용의 반투명한 몸 안에 은영으로선 무엇인지 판단하기 어려운 기관들이 들어서고 자리 잡는 걸 관찰했다. 동시에 안쪽의 구겨진 교복이 천천히 녹는 게 보였다. 용이 조금 더 떠올랐다. 은영도 검은 깻가루가 뿌려진 묵 같은 용의 몸을 쓰다듬으며 응원했다. 감촉이 신기했다.

1미터.

1.5미터.

그다음부터는 쉬웠다. 잦아들었던 돌풍이 다시 사방을 찔러 대는 데는 얼마 걸리지 않았다. 이번에는 더 눈을 뜰 수 없었고, 눈을 뜰 이유도 없었다. 돌풍 속에서 인표와 은영은 서로의 어깨에 고개를 묻고 눈을 보호했다. 은영은 안경을 다시 주머니에 넣었다. 눈을 뜨는 게 문제가 아니라 숨을 쉬기도 어려울 정도로 바람이 셌다. 인표의 흰 셔츠와 은영의 가운 때문에 두 사람은 목을 꼬은 백조처럼 보였다. 그 자세로 있다 보니 인표는 은영의 염색한 머리카락이 생각보다 부드럽다는 걸 깨달았고, 은영은 인표의 희미한 땀 냄새가 어쩐지 기분 좋다고 느꼈다. 바람이 잦아들고 다시 먼 곳의 소리가 들리기 시작했을 때는 아쉬울 정도였다.

눈을 뜨니, 용은 두 사람이 알 수 없는 어딘가로 사라진 후였다.

이번에도 가스관이었냐는 추궁 전화가 학교에 빗발쳤고, 인표는 차분하게 용오름이었다고 응대하면 된다고 지시를 내렸다. 지표면에서 부는 바람과 높은 상공에서 부는 바람이 방향이 틀어지는 바람에 생기는 그런 기류 현상이었다고 말이다. 교사들부터가 받아들이기 힘들어했다.

"우리나라에선 바다에서 일어나는 거 아니었어요?"

"국부적으로는 육지에서도 일어나지 않겠습니까?"

누군가 타당한 의문을 제기할 때 뻔뻔스럽게 대답하는 데에만 몇 년 새 유능해지고 말았다. 용이 올라갔으니 용오름이지, 나는 모르겠다. 인표는 묘하게 마음이 편했다.

그런 인표에게도 의문은 있었다.

"그 진주가 이상한 진주였던 거예요?"

인표가 묻자 은영이 서랍에서 웬 팔찌를 꺼냈다. 금으로 된 가는 사슬 팔찌였다.

"아뇨, 금이 나쁜 금이었어요."

"금에도 나쁜 금이 있구나."

"아우슈비츠 골드."

"네? 그 아우슈비츠?"

"주술용으로 비싸게 거래된다는 얘기를 듣긴 했지만 정말로 쓰는 사람들이 있을 줄은 몰랐어요. 내려서는 안 되는 바닥이 있다는 걸 지금까지도 모르는 사람들은 영원히 모르겠죠."

"아니, 잠깐, 이 팔찌는 어디서 나온 거예요? 용한테선 반지랑 귀고리밖에 안 뽑았잖아요."

"급식실 국통에서 나왔대요. 발견한 아주머니가 여기저기 물어봤는데 주인이 없다고 그래서 그냥 들고 계시다가 류머티즘이 심해지셔서 저한테 들고 오셨어요. 이상한 물건 같다고."

"그래서 이질이……."

"아마 아플 거예요. 그 사람."

누구, 하고 인표가 생각하다가 누구인지 금방 알았다. 아, 지영 씨.

"돈을 많이 받고 한 일이겠지만 아플 거예요. 귀고리에 반지에 팔찌까지 날랐으니 정말 심각하게 아플지도 몰라요."

놀랍도록 아무 느낌이 없었다.

"아프길 바라지 않아요."

알고 있어요, 은영이 고개를 끄덕였다. 더 이상 지영 이야기를 할 필요는 없었다. 친절해 보이는 얼굴이었지만 친절하지 않았다 해서 어쩌겠어요, 하고 두 사람은 눈빛으로 말을 나누었다. 그때 인표에게도 기다렸던 순간이 찾아왔다. 하고 싶었던 말이 부스러져 안쪽으로 가라앉지 않고 확신의 총알이 되어 발사되는 순간이 말이다.

"그만두지 말아요. 다른 데 가지 말아요."

"안 그래도 몇 년 더 있으려고요. 이 학교는 잠잠하다 싶으면 더 위험한 게 꼬여서."

"그런 의미가 아니라 나랑 있어요."

인표는 은영의 차가운 손을 잡았고, 곧 두 손으로 그 손을 감쌌다. 30년쯤 깎아 왔을 텐데도 여전히 어마어마하게 못 깎은 손톱에 입을 맞추고 은영을 끌어당겨 안았다. 엉킨 머리카락 속에 손을 넣었고 이마에도 입을 맞췄다.

"엄청 차근차근 추근거리네."

은영이 궁시렁거렸다.

"좋아해요. 머리끝부터 발끝까지 꽃무늬만 입는다 해도."

하하하, 이번엔 은영도 웃었다. 인표는 정말 그러고 나타날까 봐 약간 걱정이 되었지만 같이 웃었다.

그리하여 인표는 자발적으로 꽃무늬 지옥에 걸어 들어갔다. 가까워지고 가까워지다가 어느 날 눈떠 보니 꽃무늬 커튼이 달린 집에서 꽃무늬 이불을 덮고 살고 있는 자신을 발견했다. 어쩌다 여기까지 왔는지 아득한 날이면, 혹시 이 여자가 내 겨드랑이에 나 몰래 매듭 같은 걸 묶었나 슬쩍 만져 볼 때도 있었다. 그런 날이 하루도 없었다고 말하기는 어렵다. 그래도 인테리어 취향 차이에서 오는 괴로움을 빼면 전반적으로는 만족할 만했다. 서로의 흉터에 입을 맞추고 사는 삶은 삶의 다른 나쁜 조건들을 잊게 해 주었다.

언제나 먼저 잠드는 쪽은 은영이었다. 인표는 창밖 상가의 간판들이 내뿜는 빛 때문에 좀처럼 일찍 잠들지 못했다. 암막 커튼을 달고 싶었지만 아침 햇빛에 자연스럽게 깨고 싶다는 은영의 의견에 지고 말았다. 새벽에 간판들이 한꺼번에 소등되고 나서야 어둠이 찾아왔다. 그 어둠 속에서 인표는 자기 눈도 예전과는 달라졌다는 걸 알아챘다. 왜냐하면 잠든 은영의 얼굴을 들여다볼 때, 약간 빛이 어려 있는 걸 깨달았던 것이다. 정말로 빛이 나는 건 아닐 텐데 잠든 은영의 손을 잡아 주거나 가볍게 안아 주면 은은하게 발광했다. 인표는 그 사실을 은영에게 말하진 않았다. 그저 충전이 잘된 날, 완전히 차오른 은영의 얼굴을 바라보다 잠드는 게 좋았다. 그 빛나는 얼굴이 인표의 수면등이었다.

작가의 말

저는 이 이야기를 오로지 쾌감을 위해 썼습니다. 한 번쯤은 그래도 되지 않을까 했습니다. 그러니 여기까지 읽으며 쾌감을 느끼지 못하셨다면 그것은 저의 실패일 것입니다.

안은영의 이름은 마지막으로 다녔던 회사의 마케팅 팀 대학생 인턴에게 빌렸습니다. 이름과 별명을 빌렸지요. 허락을 받긴 했지만 그분이 기억을 하고 계실지 모르겠습니다. 2010년의 일이니까요. 안은영 씨, 기억하신다면 연락 주세요. 보답해 드리고 싶습니다.

처음 단편으로 이 이야기를 썼을 때 자문해 준 한문 교사 홍승표 님은 친한 선배입니다. 도움을 받고 나서 이름도 빌리고 싶다 했더니 "내 이름은 어쩐지 조금 부끄러우니 동생 이름을 줄게" 하고 받은 게 홍인표입니다. 몇 년이 지나 선배의 결혼식에 갔을 때 거기 해사한 얼굴로 서 있는 실제 홍인표 씨를 보았습니다. 형님이 자기 이름을 홀랑 넘긴 줄도 모르고……. 두 분 덕에 남자 주인공을 만들 수 있었습니다.

혜현은 바로 전 책의 표지를 그려 준 일러스트레이터의 이름입니다. 정말로 얼굴이 투명해서 젤리 피시 같은 면이 있습니다. 그런 면이 있어야 좋은 아티스트가 된다고 생각합니다. 책 속에서처럼 더위에 약해서, 기온이 떨어져야 그림을 잘 그립니다. 다정하게 생각하는 사람입니다.

민우는 실제로는 전혀 혼란을 일으키는 편이 아닙니다. 만날 때마다 소재를 잔뜩 주는 독특하고 매력적인 친구로, 역시 교직에 있습니다. 선생님들에게 자주 감탄하곤 합니다. 세상에 좋은 영향력을 행사하는 직업이라고 생각합니다.

아령은 여섯 살 때부터 가까이 지내 온 오랜 친구의 이름입니다. 친구도 친구의 이름도 어딘가 방울 소리가 날 듯한 기분 좋은 면이 있어요. 너무 짧게 등장한 것 같아 다음번에 다른 이야기에서 또 쓰고 싶네요.

혜민은 제가 막 데뷔해서 책도 없이 겨우 단편을 한둘 발표했을 때부터 응원해 준 독자 언니의 이름입니다. 사실 이제는 그냥 언니라고 생각하고 있습니다. 소설에서지만 벌레를 먹게 해서 미안합니다. 개의치 않으실 것 같지만요.

지영은 좋아하는 편집자 선배의 이름입니다. 좋아한다면서 악역에 이름을 빌렸습니다. 언젠가 추운 날 핫 초콜릿을 사주셨던 분입니다. 이번 겨울엔 제가 사 드리러 가야겠습니다.

사립학교에서 일어날 법한 일인지, 역사 교사 유승균 님에게도 자문했습니다. 출간 전의 교정지를 읽어 달라고 부끄럼 없이 부탁할 만큼 가깝게 생각하고 있습니다. 크게 신세졌습니다.

즐겁게 쓴 이야기라 영원히도 쓸 수 있을 것 같았습니다. 언젠가 다시 또 이어 쓸 수 있으면 좋겠습니다.

2015년 12월,

정세랑

오늘의
젊은 작가
09

보건교사 안은영

정세랑 장편소설

1판 1쇄 펴냄 2015년 12월 7일
1판 28쇄 펴냄 2023년 11월 29일

지은이 정세랑
발행인 박근섭·박상준
펴낸곳 (주)민음사

출판등록 1966. 5. 19. 제16-490호
주소   서울특별시 강남구 도산대로1길 62(신사동)
          강남출판문화센터 5층 (우편번호 06027)
대표전화 02-515-2000 | 팩시밀리 02-515-2007
홈페이지 www.minumsa.com

ⓒ 정세랑, 2015. Printed in Seoul, Korea

ISBN 978-89-374-7309-8 (04810)
ISBN 978-89-374-7300-5 (세트)

당신이 소장해야 할 한국문학의 새로움, 오늘의 젊은 작가 시리즈